Mirjam Old

Mirjam Oldenhave is geboren in 1960. Na de middelbare school volgde ze de opleiding voor dramatherapeute. Ze leerde om toneellessen te geven aan mensen die ergens mee zitten, met de bedoeling dat ze er een beetje beter van worden. Daarna gaf ze tien jaar drama- en muzieklessen aan pubers op een school voor zeer moeilijk opvoedbare kinderen. Daarnaast speelde ze mee in een theatergroep: Magnolia. Die groep speelde in het hele land, voor volwassenen. Mirjam speelde vooral prettig gestoorde vrouwenrollen. Erg leuk vond ze het, maar ook zwaar. Daarom besloot ze in 1994 te stoppen. Ze verhuisde naar Amsterdam en ging meespelen in een kindertheatervoorstelling 'Bravo!'. En om mensen uit Amsterdam te leren kennen, ging ze een cursus volgen. Eigenlijk toevallig koos ze voor een cursus Schrijven voor Kinderen bij Script+.

Voor die tijd had ze nauwelijks iets geschreven, maar ze vond het direct ontzettend leuk. Die cursus duurde vier jaar, in het vierde jaar kwam haar eerste boek uit: het prentenboek *Mama!*. Mirjam Oldenhave schrijft nu vijf dagen per week op haar laptop in de keuken.

Samen met haar vriend is ze pleegouder voor kinderen bij wie het thuis mis is gegaan. Meestal door problemen van de ouders. De bedoeling is dat die kinderen na ongeveer een half jaar weer teruggaan naar huis.

Ze heeft een hond, Ollie, een lieve, sullige Labrador. Als ze met hem wandelt, een uur per dag, neemt ze altijd een vraag over een boek in haar hoofd. Bijvoorbeeld: 'Maar waarom zijn Donna en Lisa dan vriendinnen?' Als ze thuiskomt, weet ze meestal het antwoord.

Haar boek *Donna Lisa* is bekroond met een Vlag en Wimpel.

Mirjam Oldenhave

Niet verder vertellen

Uitgeverij Ploegsma Amsterdam

Kijk ook op www.ploegsma.nl

STICHTING NEDERLANDSE
KINDERJURY
2006

AVI 7

ISBN 90 216 1628 9 / NUR 282/283
© Tekst: Mirjam Oldenhave 2005
Omslagontwerp: Studio Jan de Boer
Foto omslag: Picturebox
Handschrift: Kaban
© Deze uitgave: Uitgeverij Ploegsma bv, Amsterdam 2005

1

'Mag ik even gauw naar huis om mijn gymkleren te halen?'
vroeg ik.

'Ga maar in je onderbroek gymmen, Jana,' antwoordde meester Jos.

'Maar ik heb zo'n rare onderbroek aan,' zei ik.

Meester Jos zuchtte. 'Oké, snel dan.'

Snel was geen probleem, want ik woonde vlak naast de school.
Ik rende achterom en deed de deur van de schutting open.

In de keuken stond mijn moeder te zoenen met een vreemde man.

Eerlijk waar: mijn moeder stond te zoenen met een vreemde man.

Ik bleef doodstil staan, net of ik Annemarie Koekoek aan het
spelen was. Ze zagen me niet, want mijn moeder had haar ogen
dicht en de man stond met zijn rug naar me toe. Hij had zwarte krullen. Anders draai ik mijn hoofd altijd weg bij zoenende
mensen, maar nu bleef ik ademloos kijken, alsof ik een hert op
een bospad zag. Of een bekende Nederlander in de supermarkt.

Mijn moeder greep met haar ene hand in de haren van die
man, steeds op een andere plek, alsof ze het in model wilde kne-
den. En met haar andere hand streek ze over zijn rug en ook
over zijn kont. Ik bleef ongeveer tien tellen kijken, toen draaide ik me om en sloop weg.

'Dit heb ik niet gezien,' fluisterde ik, terwijl ik mijn hart
hóórde bonken. 'Want dit is niet gebeurd. Dit is niet gebeurd,
dit is niet gebeurd...'

De helft van de klas was al in de kleedkamer.

'Mijn moeder was er niet,' hijgde ik.

'Wat is er met je?' vroeg Ella verbaasd.

'Niets!' Ik begon me snel uit te kleden. Ik was totaal in paniek, ik hoorde echt een soort gegil in mijn hoofd, maar ik hoopte dat de anderen daar niets van merkten. 'Wat zou er dan moeten zijn?'

Lotje kwam binnen. 'Hé Jana, wat is er aan de hand?'

Wat zagen ze dan?

'Niets, helemaal niets!' Ik lachte, maar daar hield ik snel mee op want het klonk net als een kalkoen.

'Zo kijk jij.' Ella trok haar wenkbrauwen omhoog.

'Ja, inderdaad, precies zo,' zei Lotje.

Ik probeerde te voelen hoe mijn wenkbrauwen stonden.

Ella had altijd alles door, zij was net een detective. Zij wist zelfs elk jaar haar verjaardagscadeaus al van tevoren. Ik moest snel iets verzinnen, want voor geen honderdduizend miljoen euro zou ik vertellen wat er gebeurd was. 'Ik baal omdat ik in mijn onderbroek moet gymmen,' zei ik.

Ella bestudeerde mijn onderbroek. 'Hij kan wel, hoor,' zei ze geruststellend.

'O, gelukkig.' Ik rende de gymzaal in.

'Wat is er nou mis met die onderbroek?' vroeg de meester.

'Gewoon, ik vind hem raar,' zei ik.

'Raar? Ik vind hem heel gewoon,' zei de meester.

Ik lachte, alweer preciés als een kalkoen. Als ik daar maar ooit weer van afkwam! We moesten op de bank gaan zitten. Ik keek zo aandachtig mogelijk naar de trampoline-springers, maar steeds als ik met mijn ogen knipperde zag ik de billen van die vent voor me of de handen van mijn moeder. Dus probeerde ik om niet te knipperen, maar daar kreeg ik weer traanogen van.

Mijn moeder. Míjn moeder! Een kwartier geleden wist ik het nog niet en nu ineens wel. Een kwartiertje verschil, en toch was ik nu iemand anders.

'Doorschuiven,' zei Timo.

Na school bracht ik snel mijn tas thuis. Gelukkig had ik vandaag judo, anders zou ik de hele middag die onderzoekende vragen van detectivebureau Ella & Lotje moeten aanhoren.

Ik pakte mijn sporttas en wilde zo snel mogelijk weer weglopen. 'Mam, ik ga weer!'

Mislukt – mijn moeder kwam de gang in. Ik werd meteen verlegen. Mooie boel, alsof ík iets verkeerds had gedaan!

'Hallo lieverd,' zei ze. 'Je hoeft geen jas aan, het is heerlijk weer, geniet maar van de laatste warme dagen van het jaar.'

'Oké. Doei!' Ik ging snel naar buiten, zonder dat ik haar had aangekeken.

Ella, Lotje en ik speelden elke middag met z'n drieën, behalve dus op dinsdag. Als het mooi weer was, gingen we naar de eendenvijver of naar het pleintje voor de snackbar. En als het koud was, zaten we ín de snackbar of bij mij thuis. Bij Lotje thuis kon het niet, want met haar moeder ging het niet zo goed en haar vader kende ze niet eens. En de moeder van Ella zei altijd dat we rustig moesten zijn en netjes en niet zo dit en niet zo dat...

Wat zouden ze over mijn moeder zeggen als ze het wisten?

Ik ging steeds langzamer lopen, het leek wel of er twee zware dingen aan mijn voeten vastzaten, matrassen of zo. Sleep, sleep...

De kerkklok sloeg half vier, ik was te laat voor judo. Jammer dan. Ik stond trouwens al een tijdje stil, ik zou wel willen zitten, maar je kan toch niet zomaar midden op een stoep gaan zitten? Wat moest ik nou toch doen? Of moest ik juist niets doen? Misschien was er wel helemaal niets aan de hand. Jawel, er was wel iets aan de hand. Hallo zeg! Ik liep maar weer verder. Nou ja, liep... Ik voelde me net een slak met een te zwaar huisje.

Mijn vader wist natuurlijk van niks. Ik had ineens zo'n medelijden met hem dat het zeer deed.

2

8   'Wat ben je stil,' zei mijn vader toen we aan tafel zaten. Hij legde zijn hand op de mijne. Ik keek ernaar. Mooie, lieve handen.

Zou mama nu de hele tijd vergelijken? dacht ik. Had die man bijvoorbeeld zwarte krulhaartjes op zijn handen? Dat hadden sommige mannen namelijk.

Gadver.

'Wat ben je stil in je bil!' zei Iris. Ze moest hard lachen. Ik zag de gemalen rijst als pap in haar mond liggen. Iris was pas zes en wist nog niet eens wat vreemdgaan betekende.

Ik heb de hele maaltijd niet naar mijn moeder gekeken.

Midden in de nacht werd ik wakker van de buikpijn. Heel, heel erg was het. Ik heb een keer mijn vinger tussen de autodeur gehad en zo'n pijn had ik nu ook, maar dan nog erger.

'Papa!' riep ik.

Hij was er altijd onmiddellijk, alsof hij nachtdienst had en op de gang stond te wachten totdat een van zijn kinderen hem riep.

'Wat is er, meisje?' Hij droeg een slobberonderbroek en een T-shirt waar big boy op stond.

Ik moest meteen huilen. 'Ik heb zo'n buikpijn!'

Geschrokken tilde hij mijn dekbed op en drukte zacht op mijn maag. 'Doet dit pijn? Of dit? Is het ergens hard? Ben je ook misselijk?'

Ik schudde mijn hoofd. Papa, dacht ik, mama heeft met een andere man gezoend. Wat moeten we nou toch doen?

Maar ik zei niets, ik wist ineens zeker dat ik hem nóóit zou vertellen wat ik gezien had.

Hij ging op bed zitten en streelde zachtjes over mijn buik. 'Helpt dit?' vroeg hij.

Ik knikte. Het was niet zo, maar ik wilde niet dat hij zich zorgen maakte. Ik wist heus wel waar die pijn vandaan kwam: het was medelijdenpijn. Hij bleef bij me zitten en draaide met zijn vlakke hand rondjes om mijn navel, steeds maar door, als een bootje dat om een eiland vaart.

De volgende ochtend werd ik wóédend wakker. Het moest in mijn slaap al begonnen zijn, ik kreeg mijn kaken haast niet van elkaar.

'En papa dan?' mompelde ik. 'En Iris en ik? Wat denk je wel niet!'

Ik trok dezelfde kleren aan als gisteren, ook al zaten er vlekken op.

Zeg er maar wat van, dacht ik, toen ik naar beneden liep. Toe maar, kom maar op!

Maar mijn moeder zei: 'Dag schat, goeiemorgen.'

Natuurlijk ging het opvallen dat ik mijn moeder niet aankeek en korte antwoorden mompelde.

Al snel vroeg ze wat er met me was.

'Niets!' antwoordde ik geïrriteerd. 'Helemaal niets!'

'Je hebt anders een gezicht als een oorwurm!' zei ze.

Iris moest lachen. 'Hoe kijkt een oorwurm dan?'

'Ze had vannacht buikpijn,' zei mijn vader, vanachter een reuzenstapel boterhammen. Hij smeerde elke dag het overblijfbrood voor ons alle vier.

Mijn moeder was meteen bezorgd. 'O lieverd! En nu?'

'Over,' zei ik.

'O, gelukkig maar,' zei mijn moeder. 'Was je soms ergens zenuwachtig voor?'

Ergens zenuwachtig ná, dacht ik. Ik keek naar mijn moeders vinger waar haar blinkende trouwring om zat. Het leek wel of ze mooiere kleren aanhad dan anders. Was dit nou een nieuwe jurk? Ik wist het niet zeker.

'Papa heeft de buikpijn weggetoverd,' zei ik. 'Toch, pap?'

'Echt?' vroeg Iris.

'Met deze toverhanden.' Mijn vader wapperde met zijn handen in de lucht. 'Hocus pocus pilatus pas, ik wou dat het tijd om naar school te gaan was!' Hij keek op de klok. 'Zie je! Alweer gelukt. Jassen aan, jongens!'

Ik stond gauw op. 'Doei,' riep ik.

'Krijg ik tegenwoordig geen kus meer?' vroeg mijn moeder.

Ik deed iets vluchtigs in de buurt van haar wang. Jij hebt je kus allang gehad, dacht ik.

'Jana!'

O nee, hè. Daar was Jessica! Ze stond bij het hekje van het schoolplein op me te wachten. Zij was echt de aller-állerlaatste aan wie ik op dit moment behoefte had.

Jessica is iemand die nooit lacht. Nóóit! Stel je voor, je loopt rond op de wereld en er is níéts waar je om moet lachen! De meester noemt haar wel eens juf Jessica, omdat ze zich altijd met iedereen bemoeit. 'Meester, volgens mij voelt Jason zich niet zo lekker.' Dat soort dingen zegt ze.

Ik probeerde langs haar te lopen. Zo te zien waren Ella en Lotje er nog niet.

'Jana?' zei Jessica zonder opzij te gaan. Ze klonk gespannen, er was iets belangrijks.

'Wat,' zei ik onwillig.

'Ik moet je iets vertellen over Willem en jouw moeder,' zei Jessica toen.

3

De ramp was nu compleet. Ik kon niet meer doen alsof er niets gebeurd was, want mijn moeder had ook buitenshuis staan lurken. Ik háátte haar!

Hij heette dus Willem. Ik moest snel iets rustigs zeggen, maar er schreeuwde een complete kermis in mijn kop. Hou op, nadenken! Kon ik nog een goeie smoes verzinnen? Nee, het was allang te laat, ik was minstens tien seconden stil geweest.

'Wie is Willem?' vroeg ik zo gewoon mogelijk.

'Iemand die bij ons in de straat woont,' antwoordde Jessica. 'Vorige week ging ik met mijn zusje naar het bos en toen zag ik, zag ik...'

'Ja, laat maar!' zei ik snel.

'Toettoet, dames aan de kant!' Juf Corrie wilde erlangs met haar fiets.

Ik liep het schoolplein op, ineens was het heel logisch dat Jessica met me meeliep.

Niet in paniek raken. Wat had ze precies gezien? Alleen zoenen, of nog erger...?

'Vind je het erg?' vroeg Jessica.

Nee, leuk, nou goed? Ik had het gevoel dat een koude hand mijn keel dichtkneep. 'Jessica, aan niemand zeggen, hè?'

'Natuurlijk niet!' riep Jessica. 'Waarom zou ik zoiets doorvertellen!'

Ik geloofde er geen bal van. Shit! Waarom nou net Jessica? De grootste bemoeial van de klas. Ik wilde dat ze niet bestond, dat ze nu oploste in de lucht.

We gingen op het muurtje bij het fietsenhok zitten. Jessica kende hem dus. Willem...

'Is hij getrouwd?' vroeg ik.

Jessica schudde haar hoofd. Hij had dus geen vrouw. Moest ik daar nou blij mee zijn of juist niet?

'Ik wilde je waarschuwen,' zei Jessica. 'Zo begon het namelijk met mijn ouders ook.'

Haar vader en moeder waren gescheiden. Ik kreeg het ijskoud, alsof ik midden in de winter op dat muurtje zat.

'Ik denk dat het gewoon voor één keertje was,' zei ik zacht. O nee, twee keertjes dan in ieder geval... 'Ik háát die Willem!' riep ik ineens. 'Ik wou dat hij dood was!'

Jessica legde zuchtend haar hand op mijn been.

Weg, dacht ik. Doe die hand weg!

'Ik help je wel, we kunnen er samen over praten,' zei ze.

Dank je lekker! Ik stond snel op, voornamelijk om die hand kwijt te raken. 'Mijn ouders gaan heus niet scheiden, hoor!'

Een half uur later zaten we in de klas. Ik keek naar mijn schrift.

> *Vul in: K of S?*
> *Centimeter*
> *Broccoli*
> *Academie*

Boeiend zeg.

Lotje stak haar vinger op. 'Meester, zullen we eens een keer doen wie de mééste fouten maakt? We spreken af dat je nog wel moet kunnen zien welk woord er stond, en dan zoveel mogelijk letters fout schrijven! Dat is toch een leuk spelletje?'

Meester Jos glimlachte. 'Ik ben bang dat sommigen van jullie dat spelletje allang aan het spelen zijn. Jason, actie met een x?'

'Maar dat is goed!' riep Jason verontwaardigd. 'Dat is een rapgroep! Axi, echt waar!'

'En dan rep met een e zeker,' zei meester Jos.

'Eh... Nnnnee,' zei Jason. 'Toch?'

Mijn moeder houdt heel veel van mijn vader, dacht ik. Dan ga je toch zeker niet scheiden?

In de pauze kwam Ella met grote stappen op me af. 'Waar had je het over met Jessica.' Ze vroeg het niet, ze zei het.

'Gewoon. We hadden iets te bespreken,' zei ik. 'Mag dat soms niet?'

'Wat dan.'

Tja, wat dan... Ik keek het plein rond. Jessica stond naar me te kijken. Ik wilde haar wel met haar hoofd in de zandbak duwen!

'Wat. Dan!' herhaalde Ella streng.

Het klopte niet dat Jessica het wel wist en Ella niet.

'Ik moet je iets ergs vertellen,' begon ik.

Ella schrok. 'Jullie gaan verhuizen!'

'Mijn moeder heeft met een andere man gezoend,' zei ik met een rare, hese stem.

Ella staarde voor zich uit alsof ze heel in de verte iets probeerde te lezen. 'Getverderrie,' zei ze uiteindelijk.

Ik had meteen de neiging om mijn moeder te verdedigen, maar ik zei niets.

'Gaan ze scheiden?' vroeg Ella zacht.

'Nee.'

We waren een poosje stil. Ik moest bijna huilen, dus ik kon echt even niet praten.

Toen zei Ella: 'En wilde je dat met Jessica bespreken?'

Ik knikte.

Ella trok een vies gezicht. 'Hoe kun je dat nou doen? Schrijf het dan meteen op het bord!' riep ze verontwaardigd.

'Ze is er zelf achter gekomen,' zei ik.

Ella had weer even tijd nodig om het te laten doordringen. 'Jeetje,' zei ze toen. Ze vroeg gelukkig niet hoe en waar en zo.

Dedeng! Dedeng! De pauze was afgelopen en Lotje had belbeurt. Met de grote koebel liep ze rondjes over het plein. 'Aan de kant, ik ben melaats!' riep ze. 'Melaats!'

'Ik heb een vreselijk leuk ideetje,' zei Lotje toen we 's middags met z'n drieën uit school liepen. 'We gaan jouw kamer verbouwen! En dan maken we er een museum van en iedereen die wil komen kijken, moet...'

Ik wilde niet naar huis, ik piekerde er niet over. Ging Ella natuurlijk heel onderzoekend naar mijn moeder kijken. Of juist heel erg niet naar mijn moeder kijken.

'We gaan niet naar mijn huis,' zei ik.

Ella knikte dat ze het begreep. Lotje stond stil en tuurde om zich heen, alsof ze een mooie plek voor een openluchtmuseum zocht.

Zij mag het ook wel weten, dacht ik. Zij vindt toch niks gek.

Toen Lotje net op school kwam vond iedereen haar raar. Ze had alsmaar gekke plannetjes, zoals ze het zelf noemde en ze kwam soms verkleed op school, bijvoorbeeld als boself. Een boself, in groep zeven! Maar vorig jaar moest ik met haar samen een werkstuk maken en toen bleek ze toch wel grappig te zijn. Ik verveelde me in elk geval nooit met haar. En na verloop van tijd vergat ik dat ze eigenlijk raar was. Toen werden we gewoon vriendinnen. Zij, Ella en ik. Met zijn drieën, altijd met zijn drieën.

'Kom, we gaan naar de vijver bij het bejaardenhuis. Ik moet je wat vertellen,' zei ik.

4

'Weet je,' begon ik. 'Mijn moeder heeft met een andere...'

Meteen drukte Lotje haar handen tegen haar oren. 'ALLE EENDJES ZWEMMEN IN HET WATER!' zong ze keihard.

'Lotje, luister nou eens!' zei Ella.

We zaten naast elkaar op een bankje aan de vijver.

Lotje schudde haar hoofd. Ze deed één hand omlaag en keek me aan. 'Niet zeggen, hoor!'

'...man gezoend,' zei ik snel.

'Gelukkig heb ik dat net niet gehoord,' zei Lotje tevreden, weer met twee handen tegen haar oren gedrukt.

'Jawel, je hebt het wel gehoord,' zei Ella. 'En het is waar.'

Ik keek naar de vijver. Deze eenden hadden een luizenleven, want al die bejaarden brachten hier hun broodkorstjes naartoe.

'Weet je vader het eigenlijk?' vroeg Ella.

Ik schudde mijn hoofd. Met een half oog keek ik naar Lotje, maar het leek wel of die echt niets gehoord had. Ze zat zelfs zachtjes te neuriën. Lekkere vriendin!

'En weet je moeder dat jij het weet?' vroeg Ella.

Weer schudde ik mijn hoofd.

'En weet je moeder dat jij weet dat je vader het niet weet?' vroeg Lotje.

Wat had ik de pest aan haar, zeg! 'Erg lollig!' riep ik.

Ella moest om Lotje lachen, maar ze hield meteen op toen ze zag dat ik kwaad werd.

'Ja, Lotje!' zei ze gauw streng.

'Ik vertel jou nooit meer iets!' Ik spuugde ervan, zo boos was ik. 'Denk je soms dat ik het...' Verder kon ik niet praten omdat Lotje haar hand voor mijn mond drukte.

'Sorry,' zei ze. 'Sorry, sorry, sorry, sorry!'

Ik duwde haar hand weg.

'Ik vind het zo erg voor je.' Lotje praatte snel en zenuwachtig. 'En dan doe ik altijd in mijn hoofd alsof het niet gebeurd is. Soms werkt dat echt. Dan ís het daarna ook gewoon niet gebeurd, eerlijk waar. Maar dit keer werkte het niet. Sorry, sorry, ik ga nu luisteren en je helpen. We bedenken een plan dat alles weer goed komt.'

Nou, goed dan. Ik had ook helemaal geen zin in ruzie.

'Hoe kwam jij erachter?' vroeg Ella.

'Ik zag ze toen ik mijn gymspullen ging halen. En Jessica heeft ze ook al gezien. Zij kent hem. Hij heet Willem.'

'Ook dat nog,' zuchtte Lotje.

We keken naar de vijver. De eendjes zwommen allemaal in stelletjes, net kunstschaatsen voor paren.

'Falderalderiere,' mompelde Lotje.

'Ik haat die Willem,' zei ik.

Lotje sprong overeind. 'We maken een drankje waardoor ze niet meer verliefd zijn. In de bieb kun je namelijk een heksenboek lenen waarin...'

'Ja hoor!' riep Ella. 'En dan veranderen we die Willem in een kikker.'

Lotje zuchtte diep en ging op haar rug in het gras liggen.

'Je moet aan je moeder vertellen dat je het weet,' zei Ella.

'Dat kan nou juist niet!' Ik hoorde zelf hoe wanhopig ik klonk. 'Want dan gaat mijn moeder het natuurlijk aan mijn vader vertellen. En dan gaan ze scheiden. Ik moet zorgen dat het stopt voordat mijn vader erachter komt.'

Aan de overkant liep een oud echtpaar met kleine stapjes langs het water. Je kon niet zien wie er op wie steunde, maar het was wel duidelijk dat ze niet zonder elkaar konden lopen.

We keken er alle drie naar, heel lang.

'Jij moet dus iets doen,' zei Lotje uiteindelijk. 'Je weet nu dat er gevaar dreigt. Meestal weten kinderen helemaal niets en dan moeten ze ineens aan tafel komen zitten en dan krijgen ze te horen dat het zover is: scheiden geblazen!'

Ze had gelijk, ik moest iets doen.

's Nachts had ik weer buikpijn. Ik probeerde het eerst zelf weg te wrijven, maar het leek wel alsof het daardoor juist erger werd.

Ik riep mijn vader, die onmiddellijk bij me stond. 'Meisje toch!' zei hij. 'Heb je nou weer zo'n pijn? Ik wil morgen met je naar de dokter, hoor!'

Dan vraag ik een recept voor die anti-verliefdheidsdrank van Lotje, dacht ik.

Mijn vader ging op het bed zitten om mijn buik te aaien. 'Is er iets met je, Jana? Zit je ergens mee?'

Ik schudde mijn hoofd.

'Is er soms iets gebeurd, op school of erna? Iets met Ella en Lotje? Mama had ook al het gevoel dat er iets met je was.'

'Mama moet zich er niet mee bemoeien,' zei ik boos. Het schoot er zomaar uit. Stom, stom, stom!

Mijn vader hield geschrokken op met aaien. 'Ben je dan boos op mama?'

'Nee, ik ben boos op de buikpijn,' verzon ik snel.

'Doe je ogen maar dicht, ik blijf bij je totdat je slaapt,' zei mijn vader zacht.

Ook al zei ik de volgende morgen dat het over was en dat er niets aan de hand was en dat het eigenlijk allemaal wel meeviel... het hielp niet. Mijn vader wilde per se met me naar de dokter.

Dus zat ik om negen uur met mijn vader in de wachtkamer. Tegenover ons zat een mevrouw die steeds naar hem keek. Ze vond hem vast een knappe man.

Hij is bezet, dus vergeet het maar, dacht ik. Hij heeft een vrouw en kinderen. Na-me-lijk!

Ik gluurde naar hem. Wist hij nou echt helemaal nergens van? Dacht hij werkelijk dat er geen vuiltje aan de lucht was? Hij zat ontspannen in een tijdschrift te bladeren. 'Wist jij dat oom Rob volgende week een maand naar Spanje gaat?' vroeg hij.

Mijn oom maakte muziekjes voor reclamespots, daardoor kon hij op vakantie wanneer hij maar wilde. En dat deed hij dus ook.

'Hij vroeg of wij voor de poes willen zorgen,' zei mijn vader.

Er ging meteen een alarmbel rinkelen in mijn hoofd. Mijn moeder zou de flat kunnen gebruiken om Willem ongestoord te bellen, om zich extra op te tutten. Ze zouden er afspraakjes kunnen hebben, ze zouden er kunnen gaan vrijen...

'Mag ik dat doen? Mag ik Diva helemaal zelf verzorgen?' Ik hoorde zelf hoe gespannen mijn stem klonk.

Mijn vader aarzelde. 'Dat lijkt me helemaal niet zo'n gek idee!' zei hij toen.

'Jana Hartog!' werd er geroepen.

De dokter voelde eerst aan mijn buik, toen vroeg ze: 'Is de stoelgang goed?'

Ik keek vragend naar mijn vader.

'Of je goed poept,' legde hij uit.

'O! Ja hoor,' antwoordde ik verlegen.

'Zit je misschien ergens mee?' vroeg de dokter toen.

Ja, met de vreemdgang, dacht ik. Ik schudde mijn hoofd. 'Nee hoor!'

De dokter voelde nogmaals aan mijn buik. 'Als ze na het weekend nog last heeft, wil ik foto's laten maken,' zei ze toen tegen mijn vader.

Na het weekend, pffff, zou ik me dan nóg zo voelen?

5

Na school slenterden we weer naar het bejaardenbankje.

'Laten we het hier gezellig gaan maken!' Lotje keek om zich heen. 'We kunnen de bank versieren met eendenveertjes! Dat zit lekker zacht.' Ze wachtte even af. 'Ja, dat is een goed idee!' riep ze toen zelf maar.

'Heb je nog iets ontdekt?' vroeg Ella.

Ik schudde mijn hoofd. 'Alleen dat ze ineens mooie kleren draagt.'

Ella floot tussen haar tanden door. 'Foute boel,' zei ze. 'Verder nog wat gemerkt? Is ze extra vrolijk? Heb je in haar agenda gekeken of ze een geheim tekentje gebruikt wanneer ze een afspraak heeft? De letter W bijvoorbeeld?'

Ik schudde mijn hoofd. Eigenlijk wilde ik het er helemaal niet meer over hebben. Maar aan de andere kant moest ik er wel de hele dag, elke seconde van elke minuut van elk uur aan denken...

Ineens stak Lotje een vinger in de lucht. 'We gaan Willem vermoorden!'

'Lotje, doe normaal,' zei Ella geschokt.

'Dat ís normaal,' antwoordde Lotje.

'Laten we er nu maar over ophouden.' Ik werd er chagrijnig van.

'Oké,' zei Lotje meteen. 'We gaan iets doen. Ik neem iemand in mijn hoofd en jullie moeten raden wie.' Ze fronste haar voorhoofd en had er meteen een.

'Man?' vroeg Ella.

Lotje knikte.

'Niet die Willem nemen, hoor!' zei ik.

'O wacht, dan moet ik even een andere bedenken,' zei Lotje.

Toen ik thuiskwam, was oom Rob er. Hij zat aan tafel mikado te spelen met Iris. 'Ha, daar hebben we de poezenoppas,' zei hij.

Ik hoorde mijn moeder zingen in de keuken.

'Mag het?' vroeg ik.

'Graag zelfs,' zei oom Rob.

'Mag wat? Wat mag? Mag ik dan ook?' riep Iris.

'Ik ga een maandje naar Spanje,' legde oom Rob uit. 'En Jana heeft aangeboden om voor Diva te zorgen.'

'O, dat.' Iris keek alweer naar de mikado-stokjes. 'Maar je buurvrouw kan het toch ook doen?'

'Die werkt vierentwintig uur per dag,' zei oom Rob. 'En bovendien vindt ze Diva lelijk.'

Iris en ik moesten lachen. Oom Rob had Diva uit het asiel gehaald, ze was scheel, ze had geen staart en ook geen voortanden waardoor haar tong altijd een stukje naar buiten hing. Ze was eigenlijk de lelijkste poes van Nederland.

'Hoe kómt ze erbij!' zei Iris, terwijl ze heel voorzichtig een stokje opwipte.

'Precies.' Oom Rob keek naar mij. 'Vooral de pilletjes zijn belangrijk.'

O ja, Diva had iets met haar hart, daarom moest ze elke dag een pilletje slikken.

Mijn moeder kwam de kamer binnen. 'Dag lieverd! Ik heb je niet eens thuis horen komen,' zei ze tegen mij.

Ik schrok me wild, ze was naar de kapper geweest! Haar haar was een stuk korter en ook nog geblondeerd.

'Mooie zus heb ik, hè?' zei oom Rob.

'Waarom heb je dat nou gedaan?' vroeg ik. Mijn keel werd bijna dichtgeknepen van de paniek.

'Omdat ik het mooi vind, natuurlijk!' Mijn moeder gaf me een kus. 'Wat ben je toch een mopperkont de laatste tijd.'

Mopperkont? dacht ik. Mópperkont? Mag ik alsjeblieft mopperen als mijn eigen moeder in mijn eigen keuken met...

'Ze moet er misschien nog even aan wennen,' zei oom Rob sussend. 'Hoor eens, Jana. We gaan na het eten even naar de flat, dan leg ik alles uit.'

'Ik mag het helemaal in mijn eentje doen, hè?' vroeg ik, terwijl ik naar mijn blonde moeder keek. Dus niemand anders mag de sleutel gebruiken, bedoelde ik.

's Nachts was de buikpijn erger dan ooit. Toch riep ik mijn vader niet, want die ging natuurlijk de nachtdokter bellen. Voor de zoveelste keer dacht ik aan mijn moeder, blond en stralend. Er was geen twijfel mogelijk: ze was verliefd op die zwarte krulaap. Verliefd als je veertig bent, als je kinderen hebt en een leuke man!

Als papa erachter komt, gaat hij zéker weg, dacht ik.

Ik zag voor me hoe hij bij de deur zou staan, met bijvoorbeeld twee koffers en een rugzak.

Dan gaan Iris en ik met hem mee, dacht ik. Mama moet maar alleen blijven. Het is toch zeker háár schuld, dan moet zij het zelf maar bekijken met die vent.

Een huis zonder mijn moeder...

Ik ging op mijn zij liggen en drukte het kussen tegen mijn buik. Misschien kwam het helemaal niet door het gedoe, maar had ik gewoon iets ergs, een acute blindedarmontsteking of zo. Daar kon je wel mooi aan doodgaan. Dan zou mama nog eens spijt hebben, zeg! En nu verder niet meer aan papa denken. Bijvoorbeeld dat hij in zijn eentje naar de begrafenis zou komen...

Ik mocht eerst niet naar school omdat mijn moeder me bleek en stilletjes vond.

'Zullen we er lekker met z'n tweeën een gezellig dagje van maken?' vroeg ze. 'Dan neem ik vrij van mijn werk.'

'O, dan wil ik ook!' zei Iris meteen.

Vroeger had ik een gat in de lucht gesprongen, maar nu

moest ik er niet aan dénken. Ik zou uit elkaar barsten van alles wat ik moest inhouden. Ik verzon snel dat ik vroeg wakker was geworden door een duif. Die had ik namelijk echt gehoord vanmorgen. Het leek op 'Zoenzoen, zoenzoen, zoenzoen,' wat hij zong, stomme tortelduif!

'Ik heb hem ook gehoord,' zei mijn moeder.

'Wat zong hij dan?' vroeg ik.

Mijn moeder keek verbaasd. 'Wat hij zong?'

Iris deed een gitaartje na met haar vork. 'Yeah, yeah, de duiffies!' brulde ze.

Nou ja, hoe dan ook, ik mocht naar school.

'Ga jij dan toch een dagje vrij nemen?' vroeg ik ongerust.

Nee, dan ging zij ook gewoon aan het werk. Tenminste, dat zei ze.

6

Mijn moeder werd steeds vrolijker, ze zong nu ook al 's och- tends onder de douche. Ik hield mijn vader scherp in de gaten, maar hij leek niets door te hebben.

Ik werd juist steeds zenuwachtiger. Als mijn moeder haar keel schraapte, dacht ik: Nu gaat ze het aan ons vertellen! Als ze naar boven liep om bijvoorbeeld mijn oma te bellen, dacht ik: Ja, ja... oma Willem zul je bedoelen. Ze kocht nog meer nieuwe kleren en ook rode schoenen met hoge hakken. Volgens mij was ze knotsknettersmoorverliefd.

Het was woensdagmiddag, ruim een week na jeweetwel. Ik ging na schooltijd gauw naar huis om mijn tas weg te brengen en om te zeggen dat ik weer wegging. Ik maakte de deur open, gooide mijn tas in de gang en liep weer weg. 'Mam, ik ga buiten spelen!'

'Wacht even, Jana.' Mijn moeder kwam de gang op. 'Ik wil met je praten,' zei ze ernstig.

Ik zakte bijna door mijn knieën, zo schrok ik.

Zie je wel, zie je wel, zie je wel. Over drie seconden was ik een kind van gescheiden ouders. Rekken!

'Maar Lotje wacht op me,' zei ik.

'Vanavond dan?'

'Dan ga ik Diva verzorgen,' zei ik.

Ze moest lachen. 'Je lijkt wel een drukke zakenvrouw! Jana, ik maak me zorgen over je. Ik heb steeds maar het gevoel dat er iets met je is. Daar wil ik het over hebben.'

O, was dát het? Wilde ze daarom praten? Ik moest dus beter toneelspelen.

'Ik had ruzie met Ella, maar het is alweer over!' zei ik.

'Och lieverd, zat je daar zo mee? Waarom praat je er dan niet over?' Ze trok me naar zich toe en gaf me een kus.

'Ik weet niet. Nu ga ik, oké?' zei ik.

Ze gaf me nog een kus en knikte. 'Lekkere puber van me,' zei ze zacht.

Moet je horen wie het zegt, dacht ik.

Ella moest vandaag naar haar oma, maar Lotje wachtte op mij bij de eendenvijver. Ze zwaaide toen ze me zag. Hoe kon zij toch altijd vrolijk zijn?! Als je thuis problemen had, werd je toch chagrijnig? Ik in ieder geval wel!

'Geen "Hoi Piepeloi" zeggen,' zei ik dreigend.

'Dat was ik ook niet van plan.' Ze schoof een stukje op. 'Piepelan,' zei ze zacht. Ze had vandaag allemaal kleine wasknijpertjes in haar haar gezet. Eerlijk gezegd stond het nog leuk ook.

We zaten nu elke middag hier. Ik had onderhand eelt op mijn billen van die houten bejaardenbank.

'Wat zullen we gaan doen?' vroeg ik, terwijl ik naast haar ging zitten. Het leek wel of er een ijzeren bal op mijn borstkas drukte, zo groot en zwaar dat ik bijna niet kon ademen.

'Jana,' zei Lotje, terwijl ze me ernstig aankeek. 'Je gaat steeds meer op Grumpeltje lijken.'

Ik zei niks.

'Grumpeltje is een verdrietige pissebed die onder een platte steen woont,' vertelde Lotje. 'En hij is...'

'Lotje, hou op, ik ben geen kleuter!' riep ik, maar ik wist heus wel wat ze bedoelde. Ik deed zo vreselijk mijn best om mijn tranen binnen te houden, dat ze er bij de wolken uitsprongen. Zo leek het echt, want het begon in één klap hard te regenen. Binnen een paar seconden waren we kleddernat.

'We kunnen zeker niet naar jou, hè?' vroeg ik voorzichtig.

Lotje schudde haar hoofd. Er droop een geel straaltje langs haar ene slaap en een rood langs haar andere.

'Je wasknijpertjes geven af,' zei ik.

Natuurlijk vond zij dat juist leuk. 'O!' riep ze blij en ze hield haar hoofd zo stil mogelijk.

'Als eenden eenmaal een echtgenoot hebben gevonden, blijven ze de rest van hun leven samen,' zei ik, terwijl ik weer naar de vijver keek. 'En als bijvoorbeeld het vrouwtje doodgaat, blijft het mannetje eeuwig weduwnaar.'

Lotje knikte. 'Met een zwart rouwbandje om zijn poot.'

'Zielig!' zei ik.

'Kunnen eenden tongen?' Lotje deed heel lief een snaveltje na met haar lippen.

Ik haatte het dat ze 'tongen' zei, maar ik moest ook lachen en tegelijk begon ik te klappertanden. Ineens kreeg ik een idee. Ik controleerde of ik de sleutels in mijn zak had. Ja! 'Kom mee, we gaan naar Diva.'

De flat van oom Rob stond aan de rand van het winkelcentrum. Ik haalde de sleutels uit mijn zak en opende de grote voordeur.

Hè, hè, droog. Oom Rob woonde op de vierde verdieping. Op de lift hing een handgeschreven bordje waar 'defect' op stond. Dat werd dus trappenlopen, acht om precies te zijn. Lotje telde hardop de treden.

'Hoog hè?' zei ik, omdat ik wilde dat ze daarmee stopte. Maar ze telde gewoon door, terwijl ze knikte. '...vijfennegentig, zesennegentig! Kijken of het op de terugweg hetzelfde is,' hijgde ze.

We liepen over de galerij naar nummer zesennegentig.

'Hé! Ook huisnummer zesennegentig, dat is toevallig!' riep Lotje blij.

Niks zeggen, Grumpeltje, dacht ik. Ik maakte de deur open. Diva zat rechtop in de gang, met haar voorpootjes tegen haar borst gedrukt. 'De act van de schele theemuts' noemde oom Rob het als ze zo deed.

'O, wat een lelijk poesje!' zei Lotje verliefd.

We liepen naar haar toe en begonnen Diva te kriebelen. Ze zakte meteen luid spinnend in elkaar, alsof ze leegliep.

'Ik zal een brilletje voor je kopen, hoor!' zei Lotje.

Daarna liepen we naar de keuken om onze haren af te drogen, en toen liet ik de rest van de flat zien. Je had in het midden de gang, en daaraan grensden de keuken, slaapkamer, woonkamer en studio.

'Hier is de woonkamer,' zei ik. 'Grote tv, hè?' Het was wel leuk om het aan Lotje te laten zien, want die vond alles geweldig.

'En hier is de studio.' Ik wees op een deur met twee sloten en bovenin een luikje.

'Gezellig zo'n luikje!' zei Lotje.

'Zo kan iemand heel zachtjes kijken of mijn oom met een opname bezig is,' vertelde ik. 'Bijvoorbeeld, er is een muzikant en die moet naar de wc. Als hij dan klaar is, kijkt hij even door dat luikje om te weten of hij weer naar binnen kan.' Ik haalde de sleutelbos uit mijn zak en draaide de deur open.

'Wow!' riep Lotje, toen ze naar binnen liep.

Dit was de werkkamer van oom Rob. Omdat hij muziek moest maken voor reclames, was het hier helemaal geluiddicht. Je hoorde niets van de buitenwereld, en andersom ook niet natuurlijk. Het leek net de cockpit van een raket: er waren duizenden knopjes en hendeltjes en beeldschermpjes. Aan de muur hingen gitaren, er stonden een synthesizer en wel vier microfoons. Daarom moest de deur ook extra op slot, omdat er zulke dure spullen in stonden.

'Zullen we popgroepje spelen?' vroeg Lotje enthousiast.

Daar had ik nou écht geen zin in. 'Of zullen we tv-kijken?' vroeg ik. O nee, stom! Tv-kijken met Lotje was niet leuk. Zij wilde altijd iets raars doen, bijvoorbeeld het geluid uitzetten en dan zelf verzinnen wat er gezegd werd.

Ik liep naar de huiskamer en plofte neer op de bank. Diva sprong meteen op mijn schoot. Omdat ze geen voortanden had, kwijlde ze altijd een beetje. Nou ja, ik was toch al nat.

'Diva,' zei ik zachtjes. 'Misschien gaan mijn vader en moeder scheiden. Mijn moeder heeft met een andere man gezoend en nu is ze verliefd op hem. En dat vind ik zó zielig voor mijn vader en voor Iris, die is pas zes! En voor mezelf, ik wíl niet dat mijn vader en moeder gaan scheiden. Diva, ik ben zo bang.'

'Rrrrrrr,' antwoordde Diva.

Ineens stond Lotje in de kamer. Ik schrok me rot.

'Hoorde je me?' vroeg ze.

Ik schudde mijn hoofd. Had zij mij wel gehoord?

Ze kwam naast me zitten. 'Ik schreeuwde keihard dat ik vermoord werd. "Help, help me dan toch!" gilde ik. Maar die kamer is helemaal geluiddicht, hè?'

'Als mijn oom een opname maakt, mag je geen lawaai van buiten horen,' zei ik.

We gaven Diva een stereo-aaibeurt. Het leek wel of er een vrachtwagen stond te ronken, zo hard ging ze spinnen.

'Ik hoorde jou wel, toen ik op de gang stond,' zei Lotje ineens.

Misschien wilde ik dat ook juist. Hoewel... ik durfde te wedden dat ze er niet op in zou gaan.

'Jana,' zei ze langzaam. 'Ik heb een heel, heel raar plannetje.'

Zie je wel, ze ging het snel over iets anders hebben.

'Wat dan,' zei ik vermoeid.

'We lokken Willem hierheen,' zei ze. 'En dan sluiten we hem op in de studio. Opgeruimd staat netjes.'

Ik schoot in de lach, hoe rot ik me ook voelde. 'Ik ga Diva eten geven en haar pilletje,' zei ik toen.

'Ja!' Lotje sprong op. 'We gaan restaurantje spelen, wij zijn de obers en Diva is een deftige klant.'

7

28 Toen ik naar huis liep, dacht ik ineens: Het kan ook nog gewoon overgaan, misschien blijft het bij één keer zoenen. Nou ja, tongen. Nou ja, twee keer.

Maar zodra ik thuis was, wist ik dat het he-le-máál niet over was. Mijn moeder vertelde namelijk dat ze een weekend weg wilde. 'Samen met Ans naar een hotelletje,' zei ze.

'Waarom dit weekend al?' vroeg ik.

'Het zijn mijn laatste vrije dagen,' antwoordde ze. 'Denk je dat jullie het redden met z'n drieën?'

Ik knikte, terwijl ik het zweet op mijn rug voelde kriebelen. Natuurlijk mocht mijn moeder een weekendje weg met Ans. Met Ans wel. Maar ik geloofde er geen ene jota van. Ans was mijn moeders beste vriendin. Waarschijnlijk wist zij van Willem en had ze beloofd mijn moeder te helpen. Ik ging op de bank zitten, naast mijn vader.

'Pap, ik weet een mop!' riep Iris.

'Vertel op,' zei mijn vader.

'Er lopen twee zakken cement door de regen. Zegt die ene zak: "Ik haat regen."'

Mijn vader moest lachen.

'Hij is nog niet af!' riep Iris boos.

'O, pardon,' zei mijn vader.

Ik voelde dat mijn moeder naar me keek, dus ik probeerde zo gewoon mogelijk te doen.

'Zegt die andere zak: "Gewoon doorlopen, daar word je hard van!"'

Ik durfde niet te lachen want dan leek ik vast weer op een kalkoen. Mijn keel zat dicht, alsof er een dubbele knoop in zat.

'Ik kende hem al,' zei ik glimlachend. 'Mam, waar ga je trouwens heen met Ans?'

'Naar Texel,' zei ze genietend.

Een eiland, ook dat nog.

'En wij gaan twee dagen patat eten!' riep Iris. 'Toch, pap?'

'Ssst!' Mijn vader keek naar mijn moeder. 'Spruitjes bedoelt ze,' zei hij snel. 'Twee dagen spruitjes!'

'Ja, ja!' zei mijn moeder en mijn vader gaf Iris een knipoog.

Wat een gezellig gezinnetje, maar niet heus.

Toen ik in bed lag, had ik het gevoel dat die harde zak cement van Iris nu in mijn buik zat. Overmorgen ging mijn moeder naar haar hotelletje. 'Geniet jij maar lekker,' zou mijn vader tegen haar zeggen. 'Je hebt het echt verdiend!'

Zondag zou ze terugkomen, met die verliefde blik in haar ogen. Dan had ze met hem gevreeën, zeker weten. En 's nachts in bed ging ze het aan mijn vader vertellen...

Het liefst wilde ik hard gaan brullen. 'Papáááá!' En dan heel lang huilen terwijl hij zei dat er niets aan de hand was. 'Echt meisje, je haalt je van alles in je hoofd!'

Was het maar waar. Ik haalde me helemaal niets in mijn hoofd, het was allemaal echt aan het gebeuren, hier, onder mijn ogen. Ik moest iets doen. Maar wat? Wat dan toch?

Ze mochten niet scheiden. Ze hadden nooit ruzie, dan hield je toch van elkaar? Ja, heel soms, als mijn vader niet zag dat mijn moeder iets nieuws aanhad. Dan ging ze mopperen. Maar dat was het enige! En ze hadden ons toch? Vooral Iris, die was nog zo klein en altijd vrolijk.

Ik móest iets doen! Nog twee dagen de tijd om de zaak te redden. Het was nu of nooit.

Ik kon vrijdagavond ziek worden... Nee, mijn vader was een veel betere ziekenverzorger dan mijn moeder. Ze zou gewoon gaan. Banden lek steken? Nee, dan gingen ze met zijn auto naar de boot. Zíjn banden lek steken? Gingen ze met de trein. Een brief aan mijn moeder schrijven? *Ik wil je nooit meer zien, afzender Willem.* Mijn moeder vastbinden. Of Willem vastbinden, Jessica wist wel waar hij woonde.

'Dag, ik ben Jana, ik kom u even vastbinden.'

'Prima! Waar wil je me hebben, Jana?'

Nee dus. Shit, wat háátte ik die kerel! Mijn vader en moeder hadden een goed huwelijk, hij moest ophoepelen!

En toen dacht ik weer aan Lotjes plan: Het Opgeruimd Staat Netjes-plan...

Het is maar voor twee dagen, dacht ik. Zodat ze dit weekend niet samen weg kunnen.

O ja, ik zat in de klas toen ik dit dacht, het was de volgende ochtend.

Die studio van mijn oom was geluiddicht. Lotje had moord en brand staan gillen zonder dat ik haar gehoord had. Maar hoe kreeg ik hem daar?

'Jana, de Grieken of de Romeinen?' vroeg meester Jos.

'De Grieken, natuurlijk,' gokte ik.

'Juist!'

Ik haalde diep adem. Waar zat ik nou over te fantaseren? Je ging toch geen man ontvoeren omdat je moeder verliefd op hem was?

Hoewel...

Waarom eigenlijk niet? Je mocht je eigen gezin toch wel redden?

In de pauze vertelde ik het aan Lotje en Ella. We stonden midden op het plein, dicht tegen elkaar aan. Ella had al gehoord dat mijn moeder een weekend met hem wegging. 'Nu ben je verloren, want dan gaan ze vrijen,' zei ze.

Ik knikte. 'Daarom moet ik hem ontvoeren.'

Ella schoot in de lach, maar Lotje ging meteen nadenken.

'Hoe komen we zo een-twee-drie aan een pistool?' zei ze peinzend.

'Nee gek, niet met een pistool!' zei ik. 'Het moet met een truc.'

'En dan vragen we een miljoen euro losgeld,' zei Ella giechelend.

'Niet voor geld,' zei ik. 'Gewoon dat hij het weekend niet met mijn moeder weg kan.'

'Ja, gewoon dat,' zei Lotje.

Ella keek ons een voor een aan. Langzaam verdween de lach van haar gezicht. 'Ehm, jullie zijn toch niet serieus, hè?' vroeg ze voorzichtig.

'Bloedserieus juist!' zei Lotje.

'In de flat van mijn oom zit een geluiddichte kamer,' zei ik.

Ella lachte verbijsterd. 'Maar... maar je mag toch niet zomaar een man ontvoeren?'

'O nee? En je mag zeker wel zomaar mijn moeder zoenen?' Ik was ineens kwaad! En ik twijfelde ook meteen niet meer. Kom nou toch! Hij zeker zomaar om zich heen lebberen en mijn moeder in de war maken en mijn vader verdriet doen, en dan mocht ik zeker niets doen! Ja, dag! Ik ging mooi ingrijpen. Mannen zoals Willem waren gevaarlijk en slecht.

'Hé Jana!' Bart tikte op mijn rug. 'Ik moest van Dylan vragen of je met hem wil.'

Ik schudde mijn hoofd. 'Nu even niet.'

Bart knikte en draaide zich om.

'Wacht!' riep Lotje. 'Zeg maar dat ik eventueel wel wil.'

'Zoiets zeg je toch niet!' siste Ella.

'Juist wel,' zei Lotje. 'Je weet maar nooit.'

We wachtten tot Bart weer weg was.

'Maar luister nou eens even...' begon Ella.

Toen ging de bel alweer. Jessica had beldienst. 'Jongens en meisjes, de pauze is voorbij!' riep ze tuttig.

Ik hoorde helemaal niets meer die middag. Twee boekbesprekingen en een hele muziekles gingen langs me heen. Toen we uit school liepen, had ik een besluit genomen.

'Ik ga het doen. Helpen jullie mee?'

Lotje wreef in haar handen. 'Ik heb er zelfs hartstikke zin in!'

'En jij?' vroeg ik, zonder Ella aan te kijken.

Ella stond stil. 'Het is het stomste plan dat ik ooit heb gehoord,' zei ze. 'Je kan in de gevangenis komen. Het is echt puur gekkenwerk...'

'Maar?' zei ik gespannen. 'Gekkenwerk, maar...?'

Ella grijnsde. 'Maar ik doe wel mee, natuurlijk!'

'Oké, Ella!' Lotje sloeg haar op haar rug.

Ik was heel erg opgelucht, maar tegelijkertijd voelde ik de zenuwen door me heen gieren. We gingen het dus echt doen, we gingen een man ontvoeren...

8

Ik keek nu met heel andere ogen naar de flat. Bijvoorbeeld die zesennegentig treden, die waren ineens belangrijk. Hoe kregen we zo'n kerel boven?

Diva zat ons in de gang loensend en kwijlend te verwelkomen.

'Dag diefje!' riep Lotje en we hurkten neer om haar te kriebelen.

Ella moest lachen. 'Wat is ze scheel, zeg!'

'Hé, hé! Diva is een poes met karakter!' riep Lotje.

'O, noem je dat zo!' Ella stond op. 'Waar is die speciale kamer?'

'De deur met het luikje.' Ik gaf haar de sleutelbos. 'De rode sleutel is het. Hij zit op slot omdat er zulke dure spullen staan.'

'Dat luikje is handig!' zei Lotje. 'Er past precies een boterham doorheen!'

O ja, hij moest natuurlijk ook eten.

Ella deed de deur open. 'Wow! Dus we gaan hem meelokken en dan hierin opsluiten?'

Ja, dat was inderdaad de bedoeling.

'Er zitten wel ramen in,' zei Ella.

Had ik aan gedacht. 'Die zitten dubbel op slot, tegen inbrekers.'

Lotje keek me aan. 'We maken toch geen grapje, Jana?'

Ik schudde mijn hoofd. Was het maar waar dat het een grapje was.

Ella hurkte bij ons. 'We gaan het echt doen, hè?' vroeg ze.

'We zullen wel moeten,' zei ik.

Het bleef heel lang stil, je hoorde alleen het tevreden gespin van Diva. Ik probeerde na te denken, maar ik was te zenuwachtig. Na een tijdje stond ik op. 'Ik ga een lijst maken.'

In de huiskamer lag een vel papier waar mijn oom alle telefoonnummers en andere belangrijke dingen op had geschreven. Ik ging aan tafel zitten, draaide het papier om en schreef: 'Opgeruimd staat netjes'.

Ella kwam erbij. Ze schraapte haar keel en vroeg: 'Weet jij misschien of je in de gevangenis kan komen door zoiets?'

'In de gevangenis?' riep ik. 'Kom nou! Als je getrouwde vrouwen gaat zoenen, dán moet je in de gevangenis!'

Dit werd de lijst:

Opgeruimd staat netjes

1) Hoe krijgen we hem mee!??
2) Adres. (Jessica)
3) Eten en drinken
4) Bewaking: blijven we er steeds bij?
5) Mag hij ons zien?
6) Matras van oom Rob op de grond leggen?

'En hoe eindigt het?' vroeg Ella.

Ik haalde mijn schouders op. 'Gewoon. Op zondagavond laten we hem vrij.'

'En de volgende dag belt hij je moeder,' zei Ella. 'En dan?'

Ik tekende een hokje om 'Opgeruimd staat netjes'. Tja, en dan? Ik wist het ook niet. Het ging nu eerst om dit weekend. Als ze maar niet samen weggingen, dat was nu het belangrijkste.

Ella trok het vel naar zich toe en bekeek de lijst. 'O-o,' zei ze ineens bezorgd.

'Wat?'

'De wc... Hoe moet hij poepen?'

Ik kreunde. Niet aan gedacht. 'Er zit een wastafel in de studio, daar kan hij in plassen,' zei ik. 'Maar poepen...'

'In een potje,' zei Ella.

'Gadver!' zei ik. 'En dat moeten wij dan zeker leegmaken.'

'Ik heb een nieuwe muts.' Lotje kwam binnen met Diva op haar hoofd. Diva keek heel tevreden rond, alsof ze een vliegreisje maakte.

'We weten niet hoe hij moet poepen,' zei Ella.

'Op de kattenbak,' zei Lotje.

Ella zuchtte. 'Niet Diva. We bedoelen Willem.'

'Ja, ik ook,' zei Lotje. 'Hij kan toch op de kattenbak.'

'Alsof hij daarin past,' zei Ella.

'Hoe doen andere ontvoerders dat dan?!' riep ik. 'Zijn er geen boeken over?'

Lotje liep met kaarsrechte rug naar het raam. Diva begon te spinnen waardoor het leek alsof Lotje een motortje had. 'We kunnen hem toch even uit de kamer laten als hij moet poepen?' vroeg ze.

'Dan rent hij meteen weg.' Ella tikte op het vel papier. 'We verzinnen wel wat. Eerst even alles opschrijven.'

Ik schreef:

7) Stoelgang.

Ella moest lachen. 'Hoe noem je dat?'

'Ik wil niet steeds aan de poep van Willem denken,' legde ik uit. 'We moeten ook opschrijven wat er allemaal mis kan gaan.'

'Dat kunnen we beter achteraf doen,' zei Lotje. 'Want dat weet je nooit van tevoren.'

Een half uur later waren we nog steeds bij punt één.

'Hoe krijgen we hem mee?' mompelde Ella. Ze zat op de bank en leunde met haar hoofd in haar handen.

Lotje liep voorzichtig rondjes door de kamer. Die gekke Diva bleef gewoon op haar hoofd zitten.

We hadden alles al bedacht: geweld gebruiken, dreigen, een slaapdrankje geven...

'We lokken hem met iets moois,' zei ik. 'Net zoals kinderlokkers doen.'

'Dan zijn we mannenlokkers,' zei Lotje.

Ineens sloeg Ella op haar knie. 'Ik weet het! Jij gaat naar hem toe en vertelt dat je weet wat er gebeurd is. En dan zeg je dat je er zo'n last van hebt en dat je erover wilt praten. Volwassenen voelen zich altijd heel gauw schuldig, hij gaat zéker mee.'

Het zweet brak me uit. 'Moet ik dan gewoon aanbellen?'

Lotje knikte, waardoor Diva snel een pootje moest uitslaan om niet te vallen.

'Volgende punt,' zei Ella zakelijk. 'Jessica bellen voor het adres.'

Ik zocht het nummer op en pakte de telefoon. Jessica was thuis. Ze was altíjd thuis, want ze speelde elke dag met haar zusje. Ze had namelijk geen vriendinnen. Wie neemt er nou voor zijn lol een privé-juf mee naar huis?

'Hoi, met Jana,' zei ik.

'Dag Jana,' antwoordde ze.

Ik had besloten om het meteen te vragen. 'Weet jij waar die Willem woont? En waar hij van houdt?' Behalve van mijn moeder, dan.

'Waarom wil je dat weten?' vroeg ze.

Dacht ik het niet! 'Dat is geheim,' antwoordde ik.

'Dan zeg ik het niet,' zei Jessica met haar juffenstem.

'Jessica, kom op!' zei ik ongeduldig.

'Eerst zeggen.'

'Wat gaat haar dat nou aan!' fluisterde Ella boos.

'Wat gaat jou dat nou aan!' riep ik.

'Ik ben bezorgd over je,' zei ze.

'Ach man, bemoei je er niet mee!' Tuttebel!

'Eerst zeggen.'

Ik verbrak de verbinding.

Vijf minuten later probeerde Ella het.

'Hoi Jessie, met Ella. Wil je even zeggen waar die Willem woont?' vroeg ze heel lief.

Jessica zei iets terug waardoor Ella meteen niet lief meer was. 'Jessica, zeg waar hij woont anders kijk ik je nooit meer aan! En niemand! De hele school zal je...'

Ze ademde langzaam uit. 'Opgehangen.'

Lotjes beurt.

'Hoi Jessica, met Lotje. Kijk, we willen met hem gaan praten, snap je? Om te vragen of hij het niet meer wil doen. Dus geef je even zijn adres?'

Ze luisterde.

'Jessica, ik heb hier een voodoopoppetje van jou, en als je niet onmiddellijk vertelt waar hij woont, steek ik zo een speld in je kont!'

'Nee, Lotje!' fluisterde Ella.

Lotje wachtte even. 'Hallo?'

Opgehangen.

Ik keek op de klok, half vijf. Vandaag móést alles voorbereid zijn.

'We moeten het maar aan haar vertellen,' zei ik.

Ella was tegen. 'Ze verraadt ons.'

'Ik heb een plannetje!' zei Lotje opgewonden. 'Zodra we het adres hebben, sluiten we haar ook op. Dan kan ze het aan niemand vertellen!'

'Ja hoor! We maken er een kidnaphotel van,' zei Ella.

Ik dacht na. 'Ze weet het al een week van Willem en mijn moeder. En ze heeft het nog niet doorverteld.'

Lotje plofte tussen ons in op de bank. We zeiden niets. Ik kon hun hersens haast horen kraken.

'Vertellen?' vroeg ik na een tijdje.

Lotje knikte.

'Vertellen,' zei Ella.

'Hoi Jessica, met Jana. Kijk, we gaan Willem ontvoeren. Ik wil namelijk niet dat hij dit weekend...'

Ik hield een tutende telefoon in mijn hand. 'Ze gelooft me niet.'

'Heel raar, maar niet heus!' Ella stond op. 'Kom, we gaan erheen.'

9

We zeiden niet veel terwijl we naar Jessica's huis liepen. Ik was te zenuwachtig om te praten.

'Niet zo om je heen kijken,' zei Ella toen we in de straat waren. 'Misschien heeft je moeder een foto van je laten zien en dan herkent hij je en krijgt hij argwaan.'

Het idéé dat mijn moeder dat gedaan had, walgelijk!

We waren er.

Ella belde aan. We hadden afgesproken dat we aan Jessica zouden vragen of ze even mee wilde komen.

'Wie vraagt het?' fluisterde ik snel.

'Jij!' siste Ella.

Evi, het kleine zusje van Jessica, deed open.

'Hoi Evi, is Jes...' begon ik, maar Lotje duwde me opzij. 'Evi, waar woont Willem?' vroeg ze.

Evi wees naar rechts. 'Bij die slordige tuin,' zei ze.

'Bedankt,' zei Lotje. 'Doei Evi! Groeten aan Jessica.'

Giechelend liepen we langs de andere kant de straat uit.

'Zo doe je dat!' zei Lotje trots.

We kwamen bij de kinderboerderij waar een paar geiten suf naar hun eigen hek stonden te staren.

'Kom, we gaan op dat hek zitten om verder te overleggen,' zei Ella.

'Drie grote kleutertjes, die zaten op een hek, boven op een hek,' zong Lotje.

Ik haalde de lijst uit mijn zak. 'Eten en drinken. Wat eet zo'n man?'

'Groenten,' zei Ella peinzend. 'Mensen met slordige tuinen eten veel groenten.'

'Op een moo-hooie wa-harme dag in september!' Lotje wreef tevreden in haar handen. 'Het klopt nog ook!'

'Als hij niet eet, hoeft hij ook niet te poepen, zijn we daar mooi van af,' zei Ella.

Ik moest ineens zelf heel nodig. Niet van het erover praten, maar van de zenuwen.

Lotje zong onverstoorbaar verder. 'Het was over gijzeling en port-a-potty poep. Port-a-potty poep. Het was over...'

'Denk nou even mee!' riep Ella boos.

'Ik dénk mee!' zei Lotje. 'Jij moet beter luisteren. Ik heb het poepprobleem opgelost.' Ze draaide zich om naar de geiten. 'Dames en he... ik bedoel: dames! Ik heb het poepprobleem opgelost!'

Ik keek om. Het was echt waar dat alle geiten naar haar keken. Alsof ze dachten: Nou mevrouw, dat zal ons benieuwen!

'Port-a-potty,' zei Lotje. 'Die hebben we altijd op kamp. Het is een oranje emmertje waar een soort wc-bril op zit. De poep verdwijnt in een zakje en dat zakje kun je...' Ze wachtte even terwijl ze haar wijsvinger in de lucht stak. '...IN ZIJN GE-HEEL in de wc gooien, want het smelt. Zakje opgelost, probleem opgelost.'

Wij keken haar stomverbaasd aan.

'Jullie kijken net zoals die geiten,' zei Lotje. 'Ik ga vanavond naar Mark om een port-a-potty te lenen.'

Lotje moest elke zomer zes weken op kamp en Mark was daar een begeleider.

'Maar... maar wat zeg je dan tegen hem?' vroeg ik.

'Dag Mark, mag ik een port-a-potty lenen?' zei Lotje langzaam en duidelijk.

'Goed idee, Lotje!' zei Ella bewonderend. 'Kunnen we één probleem wegstrepen.'

Ik schreef: 'opgelost' achter probleem 7. Daarna bleven we nog lang doorpraten. Het bleek nog helemaal niet simpel om een man te ontvoeren. Om zes uur moesten we echt naar huis, we waren alle drie al een half uur te laat.

'Ehm, jongens?' vroeg ik benauwd. 'Zijn we niet gewoon hartstikke gek geworden?'

Lotje knikte instemmend.

'We doen wat we moeten doen,' zei Ella. 'Later zullen ze ons dankbaar zijn.'

'Love me tender, tralalaaa!' zong mijn moeder. Ze stond in de keuken worteltjes te schrappen.

Worteltjes, die pasten mooi door het luikje.

'Zal ik morgen eens met je meegaan naar Diva?' vroeg ze.

Ik schrok zo dat ik me verslikte. Dat zou een mooie, komische film worden:

Nee, nee mama, niet de studio in!

Maar ik wil alleen maar even... Willem, wat doe jij hier?

Liefste, ik ben ontvoerd. Vanwege mijn liefde voor jou.

'Ik vind het juist zo leuk om het alleen te doen!' zei ik snel.

'O, goed hoor. En is alles met Ella opgelost?' vroeg mijn moeder.

Wat was er ook alweer op te lossen? O ja, ruzie.

'Helemaal.'

Mijn moeder ging in de rijst roeren, ik trok snel twee wortels uit de bos en liep de keuken uit. Worteltjes voor Willem het konijn. Ik ging naar mijn kamer en stopte ze in mijn rugzak. Ik deed mijn geld ook in mijn rugzak. Elf euro. Moest zo'n man ook bier hebben? Mijn vader dronk nooit bier, mijn moeder wel. Schone onderbroek? Van mijn vader zeker, mooi niet! Het waren maar twee nachtjes, hij moest gewoon goed afvegen als hij op de port-a-potty was geweest.

Zou het Lotje lukken om er een te lenen? Vast wel, zij kreeg de gekste dingen voor elkaar.

Ella zou een luchtbed meenemen, want mijn oom had een

tweepersoonsmatras, dat was te groot voor de studio. Ik stopte mijn tekenblok ook maar in mijn rugzak, had hij wat te doen. Tekenden volwassenen nog wel met stiften? Nou ja, hij mocht blij zijn dat we zo goed voor hem zorgden!

Morgen ging mijn moeder haar koffer inpakken. Wat zou ze eigenlijk denken als hij er niet was? Ineens vond ik het ook wel zielig voor haar. Ik probeerde gewoon weer boos te worden, maar dat wilde even niet lukken.

'Jana, eten!' riep mijn vader.

O jee. Hoe gingen we dat doen? Gaven we hem in één keer al het eten voor het hele weekend? Of gingen we ook om zes uur roepen: 'Willem, eten!'

Lotje wilde vast weer restaurantje spelen.

Of moeten we stoppen met het hele plan? dacht ik voor de zoveelste keer. Ik had die nacht trouwens geen buikpijn.

10

Ik ging vroeger naar school dan anders, maar toch stonden Lotje en Ella al op het plein. Lotje zag eruit alsof ze een week op
survivalkamp moest. Ze droeg wandelschoenen en een tuin-
broek en een fleece voor op de noordpool.

'En?' vroeg ik.

'Hebbes!' zei ze. 'Het staat in onze schuur. Ik zei dat ik een
poepmuseum wilde maken. Mark vond het een erg leuk idee,
ik kreeg het emmertje zo mee.'

Ella had haar rugzak al bij zich, ik had de mijne thuisgela-
ten om niet op te vallen. Ze stond helemaal te wankelen, de
rugzak was zeker zwaar. 'Ik heb ook sigaretten van mijn vader,
want misschien rookt hij. En twee flesjes bier, een luchtbed dus
en ook gewichten.'

'Gewichten?' vroeg ik.

Ella knikte. 'Dan heeft hij wat te doen. Gevangenen werken
altijd aan hun conditie.'

Dus daarom stond ze zo te hijgen. Nou ja, misschien niet zo'n
gek idee. Hij moest tenslotte twee dagen op die kamer blijven.

Jessica kwam het schoolplein op, maar ze deed alsof ze ons
niet zag.

'Doe het maar meteen,' zei Ella.

Dus ging ik naar Jessica. 'Vergeet maar wat we gisteren aan
de telefoon zeiden,' zei ik snel. 'Het is uit tussen die vent en
mijn moeder, dus alles is nu achter de rug.'

Ze knikte, maar ik zag dat ze me niet geloofde.

In de klas keken we elkaar heel vaak aan, alsof we steeds maar
weer in elkaars ogen wilden lezen dat we het echt gingen doen.

Ik was denk ik het zenuwachtigst. Logisch, want ik moest het moeilijkste gedeelte doen: hem meelokken.

In de pauze kwam meester Jos naar ons toe. 'Jana, ik wil na school even met je praten.'

We schrokken ons te pletter.

'Waarom?' vroeg ik verbaasd.

'Omdat ik het idee heb dat er iets met je is,' antwoordde hij.

'Ze heeft een afspraak,' zei Ella.

Ik knikte. 'Ik moet met mijn vader naar de dokter.'

'Alweer?' vroeg meester Jos bezorgd. 'Nog steeds voor je buik?'

'Het is eigenlijk al over,' zei ik. 'Maar ze wil controleren of alles nu goed is. Het was mijn stoelgang.'

Hij moest lachen. 'Dat kan knap vervelend zijn, ja!'

Volgens mij had hij zelf ook last van zijn stoelgang, het klonk alsof hij er alles van wist. We spraken af dat ik maandag even bij hem zou komen.

'Pfoei,' zei Lotje toen hij weg was.

En toen was het drie uur: het ging nu echt beginnen. We gingen op de hoek van het schoolplein in een minikringetje staan, met onze armen om elkaar heen.

'Het is voor een goed doel,' zei ik nog maar eens. 'Succes.'

'Succes,' herhaalden Ella en Lotje ernstig.

Toen liep ik langzaam, met vreemde, zware benen naar huis. Opdracht: smokkel de rugzak het huis uit.

'Halloooo!' riep mijn moeder zodra ik binnen was. 'Was het leuk op school?'

'Heel leuk,' antwoordde ik.

Mama, Ga Naar Binnen! Ga Naar Binnen!

Helaas, mijn gedachtekracht werkte niet, ze bleef gezellig bij me op de gang staan.

Ik liep naar de trap. 'Ik ga met Ella en Lotje buiten spelen. Ik doe even mijn gymschoenen aan. Dus ehm, dág, alvast!'

'Dag alvast?' vroeg mijn moeder verbaasd.

'Ja! Ik bedoel, dan hoef je hier niet te wachten.' Het leek nergens op. Hoe moest ik in hemelsnaam die Willem straks meelokken, als dit al zo slecht ging...

Iris bracht redding. 'Mam!' brulde ze vanuit de huiskamer.

'Ik kom!' riep mijn moeder, maar ze liep naar mij toe. 'Dag lieverd.' Ze gaf me een kus. 'Alvast,' zei ze toen.

Ik racete de trap op, greep mijn rugzak en rende weer naar beneden.

'Eerst de hoekjes en de randjes, anders lukt het je nooit,' hoorde ik mijn moeder zeggen.

Moest Iris om een puzzel moord en brand roepen? Nou ja, ze had me wel gered! Ik sloop naar de achterdeur en holde naar de bejaardenbank.

Ella zat op de bank, naast een gerimpeld opaatje.

'...maar die Mulisons, dat zijn die groene, die zijn nou juist weer slecht voor de maag!' zei hij verontwaardigd.

'Jeetje,' antwoordde Ella.

'Zo blijf je toch aan de gang?' vroeg hij.

Hij schoof op zodat ik ernaast kon, maar ik ging mooi niet zitten. Straks moest ik ook dat hele verhaal aanhoren.

'Zo blijf je dus aan de gang!' zei hij.

Ella keek me vragend aan. Alles goed? bedoelde ze.

Ik knikte.

De meneer stond kreunend op. 'Nou dames, ik laat jullie alleen. Ik moet lopen, anders krijg ik dikke voeten. Ik wens jullie nog veel vrolijkheid toe deze dag en de rest van jullie leven!'

Zodra hij weg was, wat nog best even duurde, vroeg Ella: 'Wat doen we als Willem medicijnen moet slikken?'

Niet aan gedacht. 'Dat zetten we op de problemenlijst,' zei ik.

Daar kwam Lotje met de mobiele wc. Hij zag eruit als een gewoon oranje emmertje met een deksel, maar als je hem opendeed zat er inderdaad een wc-bril op. Ze had ook nog vijftien reservezakjes gekregen. 'Hij kan poepen tot hij een ons weegt!' zei ze.

Toen gingen we naar de flat. Ik deed de grote voordeur open en we liepen naar boven. Lotje kon het niet laten de treden te tellen. Na de achtenveertigste moest Ella even rusten. Zij had natuurlijk die gewichten mee te sjouwen.

'Kom, we moeten door,' zei ik algauw. 'Als er nu iemand komt, hebben we een probleem. Dan vragen ze wat we met al die spullen gaan doen.'

'Gewoon. We zorgen voor een poes,' zei Ella, terwijl ze haar rugzak weer omhees.

'En dat is een poes die heel veel zorg nodig heeft. Negenenveertig, vijftig.' Lotje had de port-a-potty opengemaakt en omgekeerd op haar hoofd gezet. Zij kon goed dingen op haar hoofd houden.

'Ja, en die poes wil graag in conditie blijven dus daarom krijgt ze gewichten,' zei ik.

We moesten heel hard lachen. Niet dat het nou zo grappig was, maar het kwam door de zenuwen. Tenminste bij mij wel. De problemenlijst in mijn hoofd werd steeds groter, steeds groter. Op nummer één stond op dit moment: de vrijlating.

We kunnen nu nog terug, dacht ik voor de negenmiljoenste keer.

We bliezen het luchtbed op en legden het in een hoek van de studio. Al het eten dat we hadden, brachten we naar de keuken. We spoelden één zakje van de port-a-potty door de wc en inderdaad, het loste op alsof het een suikerklontje was.

'Als hij maar niet al te natte poep heeft,' zei Lotje bezorgd. Getver!

We legden het tekenblok op de tafel in de studio met de stiften erbij. Daarna kregen we ook nog even ruzie, want Lotje wilde het steeds maar gezellig maken voor Willem.

'We kunnen toch een mooi tafelkleedje knutselen van crè-pe-papier?' vroeg ze.

Of nog gekker: ze wilde een papier met 'Welkom Willem' op de deur van de studio plakken.

'Lotje, het is niet gezellig!' zei Ella.

'Nee, daarom moet je het juist gezellig máken!' antwoordde Lotje. 'Ik schrijf 's morgens ook wel eens een briefje met: "Hallo lieve Lotje". En als ik dan thuiskom, dan ligt dat lekker op me te wachten.'

Was dat nou zielig of juist slim?

Ella keek haar heel lang aan. 'Doe jij dat echt?' vroeg ze.

'Ja, hoezo?' zei Lotje. 'Ik ga de gewichten neerleggen. Zal ik de port-a-potty op zijn kamer zetten?'

'Doe maar,' zei ik. 'En er moet ook een rol wc-papier naast.'

'Zullen we een klein wc'tje maken van lakens?' vroeg Lotje.

'Nee Lotje!' riep Ella. 'Gewoon die emmer neerzetten!'

'Saai zeg,' mompelde Lotje.

Ja hoor, drie meisjes die een man gijzelen, héél saai!

En toen waren we klaar. Mijn maag zat onderhand in mijn keel, zo eng vond ik het. We hadden afgesproken dat Ella in de flat bleef en dat Lotje met mij mee zou gaan.

Heel langzaam liepen Lotje en ik de zesennegentig treden af.

'Wil je de tekst nog eens oefenen?' vroeg Lotje, toen we buiten waren. 'Dan speel ik even Willem.'

Ik schudde mijn hoofd. Ik was te zenuwachtig om te praten. Na een tijdje waren we bij de straat van Jessica. De slordige tuin was al vanaf de hoek te zien. Wat een rommeltje, dacht ik.

'Wat een mooie tuin!' zei Lotje precies op hetzelfde moment. Ze stond stil en pakte mijn schouders vast. 'Ik voel dat het gaat lukken!' zei ze vrolijk. 'Ik verstop me hier. Succes, niet twijfelen.'

Ik knikte en draaide me om. Het leek wel of ik op een waterbed liep, zo wankel voelde het.

Hij had geen bel, maar een klopper. Je moest een leeuwenkop optillen en dan weer loslaten. 'Pok' klonk het.

Aanstellerij, zoiets zou mijn vader dus nooit nemen. En het werkte ook nog eens voor geen meter, want er gebeurde niets. Of hij was er gewoon niet. Ik liet de leeuwenkop nog eens vallen. Pok.

Ja, ik hoorde voetstappen! Help! Nou niet flauwvallen...

Er kwam iemand de trap af. Iemand, Willem dus. Zijn vrouw kon het niet zijn, want die had hij niet. Zijn vriendin ook niet, want dat was mijn moeder. Stel je voor dat mijn moe...

De deur ging open. Daar stond hij. Ik had hem al duizend keer in mijn gedachten gezien, zijn achterkant dan. Maar zo zag hij er van voren uit: Willem.

11

Hij was groot en heel erg breed. Net een zeeman uit een kindertoneelstuk. Hij had zwarte krullen en een snor.

'Hoi!' Hij stond op blote voeten en ik zag ook een stukje blote buik. Bah!

'Hoi,' zei ik, met mijn hoofd in mijn nek. Wat was die vent lang! 'Ik...' En wat zou ik toen ook alweer zeggen?

Ik liet mijn hoofd zakken en zag zijn handen. Grote handen met, inderdaad, zwarte krulletjes. Ik dacht aan de lieve, zachte toverhanden van mijn vader en ik haatte deze gorilla ineens zo erg, dat ik helemaal niet meer bang was.

'U hebt mijn moeder gezoend,' zei ik.

Ik zag hem schrikken. 'Oeilala,' zei hij aarzelend.

Wat een stem! Het leek wel of hij met zijn grote hoofd in een emmer zat. In een port-a-potty.

Doorgaan nu!

'Mijn moeder vroeg of ik u wilde halen, ze wil met u praten. Ze zit in de flat van haar broer.'

Hij trok één wenkbrauw op. Mijn vader kan dat ook: heel hoog en de andere blijft gewoon op zijn plek.

'Nu meteen, graag,' zei ik. 'Het hoeft maar heel even.'

'Waarom belt je moeder me dan niet?' vroeg hij vriendelijk, of zogenáámd vriendelijk.

'Mijn oom heeft geen telefoon en ze heeft haar mobiel in de haast niet meegenomen,' zei ik. Dit was de zwakke plek in ons plan: welke oom heeft er nou geen telefoon!

Hij sloeg zijn armen over elkaar. Ondertussen bleef hij me aankijken. 'Goed, ik kom mee,' zei hij toen.

GELUKT!

Hij draaide zich al om. 'Moment. Even iets aan mijn voeten doen.'

Ja, twee roeibootjes zeker. Wat een grote poten had hij, zeg!

'Ik loop vast,' zei ik snel. 'Wittenburg 96. Het is bij het winkelcentrum.'

'Waarom lopen we niet samen?' vroeg hij. 'Dan kunnen we nog even praten.'

Welja, maak er maar een gezellige boel van, dacht ik boos.

'Nee, want als iemand uit mijn klas ons ziet, weet ik niet wat ik moet zeggen. Ik kan niet goed liegen,' loog ik.

Hij glimlachte. 'Oké, loop dan maar vast. Wittenburg 96, zeg maar tegen je moeder dat ik eraan kom.'

'Hij komt eraan!' zei ik. Niet tegen mijn moeder natuurlijk, maar tegen Lotje. Ze stond op de hoek op me te wachten. 'We moeten snel zijn.'

'Wat zei hij, hoe deed hij?' vroeg Lotje, terwijl we ons half lopend en half rennend naar de flat haastten.

'Hij schrok,' vertelde ik hijgend. 'En toen zei hij dat hij meekwam. Hij heeft heel erg veel haar overal.'

'Dan hadden we dus scheerspullen moeten halen!' zei Lotje.

'Juist niet!' riep ik. 'Hij laat alles gewoon groeien, net als in die tuin van hem.'

Lotje moest lachen. 'Is hij vies?' vroeg ze hoopvol.

'Weet ik veel.' Wat was het toch gênant allemaal, míjn moeder met zo'n zeerover, bah!

We kwamen bij de flat en drukten op de bovenste bel, die van mijn oom.

'En?' klonk Ella's stem door de intercom.

'Gelukt,' zei ik. Ze drukte op de knop waardoor de deur openging en we liepen naar boven. Ella stond al op de galerij te wachten. We gingen vlug naar binnen.

Ik voelde dat ik grijnsde. 'Hij is onderweg.'

'Is het... gaat hij... wat zei hij dan?' kakelde Ella.

Maar voordat ik antwoord kon geven, ging de zoemer van de benedenbel. Lotje gaf een gil. 'Willem! Wat is hij lekker snel!' Ze drukte op het knopje waarmee de buitendeur geopend werd.

Gelukkig nam Ella de leiding, want ik wist het even niet meer. 'Lotje en ik gaan naar de huiskamer,' zei ze. 'Hij mag ons nog niet zien. Eerst naar de studio lokken, deur op slot en dan pas uitleggen. Diva, kom mee.'

Oei oei, wat kan een mens zenuwachtig zijn. Zo veel hield hij dus van mijn moeder, dat hij zo snel al kwam. Ik probeerde mee te tellen met de treden. Ongeveer twintig nu. Hij had een dikke buik, dus het zou wel eventjes duren. Mijn vader was ook niet wat je noemt een echte sportman, maar hij had tenminste géén buik! Getverderrie, een snor en...

Tring! Dat was de binnenbel.

Daar gaan we, dacht ik nog. Toen deed ik de deur open. Het was Jessica.

JESSICA!

'Wat kom jij hier doen!' Ik keek langs haar heen de galerij op. Nog niemand te zien. 'Ga weg, we zijn ergens mee bezig!'

'Ik weet wat jullie van plan zijn,' zei ze op haar juffentoontje. 'En ik kom er een stokje voor steken. Ik ben jullie gevolgd.'

'Jessica, flikker op!' riep ik.

Ze schudde haar hoofd.

Shit. Als hij haar zag, zou hij meteen weglopen, want hij kende haar.

'We zijn niets van plan,' siste ik. Ik haalde diep adem. 'Jessica, wil je alsjeblieft weggaan?' Maar tegelijkertijd drong het tot me door dat dat al niet meer kon. Ze mochten elkaar niet tegenkomen op de trap. Dus deed ik de deur verder open en trok haar naar binnen. 'Ik haat jou!' zei ik.

Ze keek om zich heen. 'Het mag niet wat jullie doen. Ik ga de politie bellen.'

'Het is Jessica!' riep ik naar Lotje en Ella.

Onmiddellijk kwamen ze de gang op. 'Wat kom jij hier nou doen?' riepen zij ook.

En toen zei Jessica dit: 'Jullie gaan een man vermoorden en dat mag niet.'

We reageerden alle drie precies hetzelfde: eerst verbaasd en toen moesten we lachen.

Ella wees op haar voorhoofd. 'Wat denk jij wel niet? We gaan hem alleen maar even ontvoeren, hoor!'

'Ja maar... Dat mag toch óók niet?' vroeg Jessica sullig.

Toen ging de zoemer weer. Geschrokken keken we elkaar aan. En nu?

'Dit is de benedenbel nog maar,' zei Ella. 'Mee jij.' Ze trok Jessica aan haar arm de huiskamer in.

'Laat me los!' riep Jessica, terwijl Lotje tegen haar rug duwde.

Beng, deur dicht. Lekker dan, zaten we ook nog met juf Jessica opgescheept!

12

Na een tijdje ging de binnenbel. Ditmaal was hij het wel.

'Daar ben ik,' zei hij.

'Ja, daar bent u,' zei ik.

Hij keek nieuwsgierig om zich heen. Hij had een colbertjas-je aangetrokken waar hoogstwaarschijnlijk zijn mobieltje in zat. Daar hadden we het over gehad, daarom ging mijn hart nóg sneller kloppen: belangrijk moment!

'Hang uw jas maar even hier,' zei ik.

Doe het, doe het, doe het! smeekte ik in mijn hoofd. Wat had ik aan een gijzelaar met een mobieltje?

Hij keek wel even verbaasd, maar hing toen toch zijn jasje aan de kapstok. Oef...

'Ze zit in deze kamer te wachten,' zei ik toen. Op griezelig slappe benen liep ik naar de studio. Ik durfde niet om te kij-ken. De sleutelbos lag nat en warm in mijn hand. Gelukkig hield Jessica zich koest!

'Hier is ze.' Ik wees naar de studio.

'Is ze ziek of zo?' vroeg Willem.

Nu doorzetten! 'Ga maar,' zei ik.

Hij had allang argwaan moeten hebben, want ik kon mijn paniek niet meer verbergen. Maar nee hoor, hij had niets in de gaten. Hij deed de deur open en zei zachtjes: 'Hallo?'

'Achter de deur,' zei ik schor.

Aarzelend liep hij de kamer in. Zonder na te denken duwde ik de deur dicht en deed hem op slot. Toen keerde ik me om en zakte door mijn knieën, met mijn rug tegen de deur aan.

Ik had een man ontvoerd.

Na een paar tellen doodse stilte hoorde ik hem op het luikje kloppen. Ik bewoog nog geen wimpertje. Toen bleef het stil. Tenminste, bij hem, want de deur van de huiskamer ging heel langzaam open.

'Heb je hem?' fluisterde Ella.

Ik knikte. Lotje begon enthousiast te klappen.

'Sssst!' siste Ella.

Daar kwam ook Jessica de gang op, ze was zo wit als een krijtje. Ingespannen luisterden we of we iets hoorden.

'Hij houdt zich stil,' fluisterde Ella.

Lotje schudde haar hoofd. 'Die kamer is geluiddicht. Misschien staat hij nu wel te brullen.'

Ella schraapte haar keel. 'Meneer?' vroeg ze aarzelend.

Geen reactie.

'Jullie zijn criminelen,' piepte Jessica. 'Dit is bij de wet verboden.'

'Oooo ja?' Ik stond onder stroom van de zenuwen en ik voelde dat zij nu die honderdvijftigduizend volt over zich heen ging krijgen. 'En ben je soms geen crimineel als je getrouwde vrouwen zoent? Hè?'

'Sssst!' deed Ella weer.

Jessica's lip trilde en ik had meteen spijt. Misschien was haar moeder ook wel door iemand weggekaapt. Of haar vader.

'Het is alleen maar tot zondag,' zei ik zacht en ietsje aardiger. 'Jessica, niet verder vertellen, oké? Alsjeblieft?'

'Dat kan ik niet beloven,' antwoordde ze.

JEMIG!

'Dan moeten we jou ook ontvoeren,' zei Lotje.

Ik luisterde met mijn oor tegen de deur. Het was doodstil. Misschien stond hij nu ook wel met zijn oor tegen de andere kant aan. Ik deed snel een stap naar achteren.

'Wat had ze dan moeten doen? Gewoon maar afwachten?' vroeg Ella aan Jessica.

'Ze kan er toch met haar moeder over praten?' Jessica keek ingespannen naar de grond, alsof ze een contactlens zocht.

'Práten?!' Ella trok een vies gezicht. '"Mam, dat moet je maar niet meer doen." "Oké schatje, het is goed dat je het zegt." Ja hoor, praten!'

Stonden ze daar in die gang te ruziën. Wat baalde ik van Jessica, zeg!

Lotje wees naar de deur. 'We moeten hem uitleg geven.'

'Kan dat luikje niet open?' vroeg Ella.

Het luikje had een grendeltje aan onze kant. Ik schoof het heel zachtjes opzij en opende het luikje op een minikiertje. We hoorden niets.

'Misschien heeft hij wel een hartaanval. Ik vind het eng!' Jessica begon bijna te huilen.

'Waarom heb je me dan ook achtervolgd!' zei ik boos. 'Jij moet trouwens achter ons gaan staan, want' – ik fluisterde verder – 'hij kan jou herkennen.'

'Ik wilde jullie redden,' zei Jessica nog, terwijl ze zich terugtrok.

'Ik hoef door niemand gered te worden,' antwoordde ik. 'Ik red mezelf wel!'

'Dát geloof ik meteen!' zei Willem.

Willem! Het luikje stond open en zijn hoofd stak naar buiten! We schoten alle vier naar achteren, Lotje gilde zelfs. Het zag er zo griezelig uit, dat grote hoofd met die snor, hij paste precies in het luikje. Ik draaide me om en rende naar de huiskamer. De andere drie kwamen meteen achter me aan. Met bonzend hart sprong ik op de bank.

'Ik schrok me rot, man!' hijgde ik.

Lotje drukte twee handen tegen haar hart. 'Hij leek net de gevangene van Azkaban!'

Jessica ging niet zitten. 'Ik heb van schrik geplast,' zei ze benauwd.

'Sssst!' Ella hield haar vinger voor haar mond. 'Roept hij?'

Nee, het bleef stil op de gang.

'We moeten terug.' Ik bleef zitten.

'Laat mij maar gaan,' zei Lotje dapper. 'Maar ik vraag wel of hij dat hoofd binnenboord wil houden!'

Ik stond op. 'Het is mijn gezin. Ik ga hem uitleggen wat er aan de hand is.'

'Of zullen we hem eerst laten raden?' stelde Lotje nog voor.

Ik liep naar de gang. Hij had het luikje weer dichtgetrokken.

'Hallo Willem!' riep ik, terwijl ik op de deur klopte.

Daar verscheen zijn hoofd, alleen stak hij hem nu gelukkig niet zo ver naar buiten. Zoenen met zo'n snor, blèh! Gauw aan iets anders denken...

'We hebben u opgesloten,' begon ik. Ik had zo vaak gefantaseerd dat ik hem tegenkwam. Dan zei ik dat hij met zijn poten van mijn moeder af moest blijven. Of ik gaf hem een duw. Eén keer spuugde ik zelfs naar hem. En nu, nu ik echt oog in oog met hem stond? Een verlegen muisje was ik ineens.

'Zoiets vermoedde ik al.' Hij glimlachte en daar werd ik pissig van! Alsof het allemaal maar een grapje was. Een amusant kinderspelletje. Nou, mooi niet!

'U hoeft niet te denken dat u mijn vader en moeder uit elkaar kunt drijven!' zei ik. 'U blijft hier tot zondag zitten, zodat jullie niet samen weg kunnen. En daarna mag u nooit meer naar mijn moeder toe.'

'Goed zo,' fluisterde Ella. Ze stonden vanaf de huiskamer mee te luisteren.

'Aha,' zei Willem.

Hij bleef zo rustig. Irritant was dat!

'We zullen goed voor u zorgen,' zei ik. 'Straks krijgt u avondeten. We hebben ook bier en ook geld, dus als u iets wilt, moet u het zeggen.'

'Zo!' zei hij. Hij leek helemaal niet geschokt, en ondertussen stond ik daar maar te stamelen en te klunzen.

'U kunt uw stoelgang kwijt op dat oranje emmertje.' Ik hoorde Lotje giebelen, maar ik stuntelde dapper verder. 'Als u wilt jeweetwellen, moet u er eerst zo'n zakje in hangen.'

'Dat zal ik doen,' zei Willem. 'Hoe heet je?'

Ja ja, zoete broodjes bakken. Zo had hij mijn moeder natuurlijk ook versierd. 'Zeg ik niet,' zei ik. Het leek wel of ik poppenkast stond te kijken: dat rare luikje met dat hoofd er half uit.

'Meisje, het spijt me dat ik je in de war heb gemaakt,' zei hij toen. 'Ik bedoel door je moeder te beminnen. Het was...'

Ik hield mijn adem in, maar hij zei niets meer. Beminnen, ik werd verdrietig van dat woord.

'Mijn moeder is toevallig bezet en u hebt me helemaal niet in de war gemaakt,' zei ik met een irritant zwak stemmetje. Ik schraapte snel mijn keel. 'En u hoeft niet om hulp te schreeuwen, want de kamer is geluiddicht en het luikje gaat weer op slot.'

'Ik zal er rekening mee houden,' zei hij. 'Dus als ik het goed begrijp, ben ik door jullie ontvoerd?' Hij praatte alsof hij meedeed aan een project. Alsof hij graag wilde weten wat er van hem verwacht werd.

'Inderdaad, ja!' zei ik boos. 'Sommige kinderen laten alles zomaar gebeuren, maar ik dus niet!' Ik draaide me om en liep naar de huiskamer. 'Kom nou!' zei ik nog.

13

58 Heel stil zaten we in de huiskamer, we durfden nauwelijks te praten. Jessica stond nog bij de deur, die wilde natuurlijk niet gaan zitten met die natte broek. Ik dacht aan mijn moeder die morgenochtend voor een dichte deur zou staan. Ze zou waarschijnlijk denken dat hij haar niet meer wilde. Ik probeerde zo hard mogelijk 'Net goed!' te denken.

Ella zat kleine rondjes te tekenen op ons 'Opgeruimd Staat Netjes'-blaadje. 'Hij is niet eens boos,' zei ze.

'Omdat hij weet dat hij schuldig is,' zei ik.

Lotje was in de keuken om Diva eten te geven en kwam terug met twee theedoeken. Eentje hing ze over haar arm, net als een ober. 'Ik ga maar eens vragen of er iets van zijn dienst is,' zei ze, terwijl ze de andere theedoek om haar hoofd knoopte.

Ik moest lachen. Willem zou wel denken: bij wat voor malloten ben ik nu toch terechtgekomen? 'Vind je het eng? Moet ik mee?' vroeg ik.

'Eng?' Lotje was stomverbaasd. 'Ik vind het enig!' En weg was ze.

We probeerden te luisteren, maar Lotje praatte net te zacht. We bleven een minuut of tien wachten, toen duwde ik de deur een piepklein stukje open. Lotje stond tegen de muur naast de studio geleund, het leek alsof ze met een vriendin stond te babbelen.

'Willem, moeten we niet iemand voor je afbellen? Had je geen afspraken staan?' vroeg ze.

'Nee, er is niemand die op me wacht,' zei Willem.

'Wat ongezellig!' riep Lotje.

'Als er niemand op je wacht, kun je ook nooit te laat komen,' zei hij plechtig.

'Dat is waar!' Lotje keek vol bewondering, alsof ze de grootste wijsheid van de wereld hoorde.

'Lotje, weet je wat we doen...' begon Willem.

Welja! Kwaad duwde ik de deur open. 'Hé, wij beslissen hier wat we doen, hoor! Lotje, kom hier, zo praat je niet tegen een... een...'

'Gijzelaar,' vulde Willem vriendelijk aan.

Ik liep ernaartoe, gaf een klap tegen het luikje en schoof het grendeltje dicht. Kom nou, het was wel de bedoeling dat hij gestraft werd!

'Wat zei hij, wat zei hij?' riepen Ella en ik. We waren gauw op de bank gedoken en Jessica stond weer met haar rug tegen de deur aan.

'We hebben gewoon wat gekletst, Willem en ik,' vertelde Lotje. 'O ja, hij wil trouwens alleen water en brood.'

'Dat snap ik wel,' zei Jessica. 'Hij wil boete doen. Hij begrijpt wat hij heeft aangericht nu hij jou gezien heeft.'

Precies! Het kwam allemaal door hem, híj was begonnen. 'Nou goed, dan krijgt hij alleen maar water en brood,' zei ik.

'Net als een eendje.' Lotje glimlachte vertederd.

'Net als een misdadiger zul je bedoelen,' zei ik geïrriteerd. Ik vond dat ze veel te liefdevol over hem praatte. Ik keek op de klok: half zes, bijna etenstijd.

'Mijn beurt,' zei Ella en ze liep de kamer uit.

Natuurlijk deden we de deur weer op een kier. Ella was in de keuken bezig.

'El, hij wil droog brood, hoor!' riep Lotje.

Ella kwam de gang op, ze had vier boterhammen in een zakje gedaan. Ze ging netjes voor de deur staan, schoof de grendel weer opzij en klopte op het luikje.

'Ja?' Daar was Willem al.

'Uw avondeten,' zei Ella netjes. 'U hebt hier zelf een kraan voor het water, hè?'

'Dank je!' Hij pakte het zakje aan. 'Eten jullie ook hier?'

'Nee, wij gaan thuis eten,' antwoordde Ella.

'Heeft jouw moeder ook, eh...?' vroeg hij.

Wat ging hem dat nou aan!

Ella schudde haar hoofd. 'Maar ik help Jana omdat ik vind dat kinderen...'

Ik kon er niet meer tegen. 'Ella!'

'O, ik moet gaan,' zei Ella. 'Eet smakelijk.'

'Dank je,' zei hij weer.

Ondertussen zaten wij dus met Jessica opgescheept. Ze stond bij de tafel en dacht na. Ella zat op de bank in de verte te staren en Lotje speelde sjaaltje met Diva.

'Ik ben eruit: ik doe mee!' zei Jessica ineens. 'Ik vind het eigenlijk wel een goed initiatief.'

Niemand zei iets.

'Nou ja, welkom bij de gijzelclub dan maar,' zei Lotje toen. 'Met je initjatief.'

Er zat eigenlijk niets anders op, want we konden Jessica niet ook nog in de flat opsluiten.

'Als je maar wel doet wat wij zeggen,' zei Ella streng.

'En waag het niet om het verder te vertellen!' zei ik.

Jessica keek zo braaf als ze kon. Toen gingen we maar naar huis. We spraken af dat we morgen om elf uur voor de flat zouden staan.

'Dan kan Willem ook lekker uitslapen,' zei Lotje.

Ik negeerde haar, maar eigenlijk ergerde ik me suf aan dat zorgzame toontje. Ik controleerde of ik de sleutelbos wel had en liep naar de voordeur. Ella wenkte Jessica die snel naar buiten liep. Toen klopte ik op zijn deur. 'We gaan.'

Hup, meteen ging het luikje open.

Lotje zwaaide. 'Morgen komen we weer terug, dan kletsen we verder,' zei ze.

'Dag cipiertjes, tot morgen!' groette Willem hartelijk.

Ja hoor, dikke vrienden! Ik sloot het luikje af, ook al wist ik bijna zeker dat hij niet om hulp zou gaan roepen.

Mijn vader had lasagne gemaakt.

'Als je een paar dagen alleen maar water en brood eet, is dat dan slecht voor je?' vroeg ik, toen we aan tafel zaten.

'Nee hoor,' zei mijn vader.

'Zeg, zeg, wat zijn jullie van plan dit weekend?' vroeg mijn moeder lachend.

Mijn vader schepte het eten op. Ik deed mijn ogen half dicht en probeerde me voor te stellen hoe een snor bij hem zou staan. En hoe zijn hoofd er door dat luikje uit zou zien.

Mama is echt gek, dacht ik. Ik vond mijn vader veel en veel knapper dan Willem de walrus.

Het was heel goed dat wij hem hadden opgesloten. Ze hoefde heus niet te denken dat ze zomaar alles kon doen, en hij al helemaal niet!

'Wat kijk je boos,' zei mijn moeder.

'Ik kijk helemaal niet boos!' zei ik.

De rest van de avond deed ik vreselijk mijn best om niet aan hem te denken, hoe hij nu in zijn eentje op dat luchtbed zou liggen, midden tussen de apparaten en instrumenten. Met zijn water en brood. Hij was niet zielig, want het was zijn eigen schuld! En ik deed ook heel erg mijn best om niet aan zijn gezicht te denken, vooral niet aan zijn mond. Die kon je toch al bijna niet zien met die haarbos onder zijn neus. Dus ik hoefde hem ook niet zoenend voor me te zien, met mijn moeder, die haar handen op zijn grote billen legde.

Ik deed de hele avond en de halve nacht verschrikkelijk mijn best om aan al die dingen niet te denken.

14

62 De volgende ochtend ging mijn moeder dus op pad. Ik had het gevoel dat ik iets heel ergs deed, iets gemeens. Dat ik haar bedroog. In mijn hoofd voerde ik steeds boze gesprekken met haar.

Ik jou bedriegen? Kom nou, wie bedriegt hier wie? riep ik dan.

Je had het toch gewoon tegen me kunnen zeggen? zei mijn moeder in mijn hoofd. *Dan was ik niet vol verwachting op weg gegaan.*

Ja ja, gewoon zeggen. En dan zeker gaan scheiden, hè? Nou, mooi niet!

Maar in het echt zei ik niets. Mijn moeder stopte haar koffer in de auto en nam afscheid.

'Geniet ervan, schat,' zei mijn vader, terwijl hij haar omhelsde. 'Je hebt het dubbel en dwars verdiend.'

'Dank je wel,' lachte mijn moeder.

Oef, en ik moest haar nog zoenen.

'Doei,' zei ik.

'Zeg je nog iets aardigs?' Mijn moeder was niet meer kwaad te krijgen sinds Willem haar 'bemind' had...

'Veel plezier,' mompelde ik. In je eentje, dacht ik erachteraan.

We zwaaiden tot we haar niet meer zagen. Toen ging ik op de bank zitten doen alsof ik las.

Willem woonde niet zo heel ver, ze kon er nu al zijn.

Nu laat ze dus die leeuwenkop vallen, dacht ik. En nog eens, en nog eens. Geen Willem. Dan gaat ze bellen, eerst thuis en dan op zijn mobiele nummer.

Ik schrok, zijn mobiel! Die zat nog in de jas die op twee meter afstand van het luikje hing. Nou ja, die kon hij toch niet horen vanuit de studio.

Wat zou ze doen als ze zeker wist dat hij er niet was?

Teleurgesteld zijn, verdrietig zijn. Hij moet me niet meer, zou ze denken. Nou, dat liet hij dan wel op een onbeschofte manier weten: gewoon niets meer laten horen!

Eigen schuld, mama. En dan? Ging ze dan terug naar huis? Zou ze tegen ons zeggen dat Ans er niet was?

Nee, dat kon eigenlijk niet... Ze ging gewoon in haar eentje.

Mijn vader kwam naast me zitten. 'Vind je het vervelend dat mama weg is?' vroeg hij.

'Een beetje, maar niet echt,' zei ik.

'Een beetje... maar... niet echt,' herhaalde hij langzaam.

Ik moest lachen om mijn eigen suffe antwoord. Toen stond ik op. 'Ik ga naar Diva, goed?'

Ik was iets te vroeg. Ik kon natuurlijk buiten op Ella en Lotje wachten, maar ik liep automatisch door naar boven. Het leek wel of er een magneet in de flat zat. Zodra ik binnen was schoof ik de grendel van het luikje open. Ik probeerde zachtjes te doen voor het geval hij nog sliep, maar hij stak meteen zijn hoofd naar buiten.

'Goeiemorgen!' Hij zag er fris uit.

'Mijn moeder is vertrokken,' vertelde ik.

'Och!' zei hij.

Daarna bleven we allebei stil. Staan kan zo onhandig zijn. Waar laat je je armen, je handen? Zak je door een heup of ga je juist wijdbeens staan? Ik wilde met een hand tegen de muur leunen, maar die was verder weg dan ik dacht, dus verloor ik bijna mijn evenwicht. Heel dom, net een clown. En hij maar kijken, met die lachende blik in zijn ogen. Ik kon beter naar de huiskamer gaan, FoxKids kijken totdat Ella en Lotje kwamen.

'Waar is je moeder naartoe?' vroeg hij.

'Dat zal u niet weten, nee!' antwoordde ik boos.

'Aha,' zei hij langzaam.

Waarom was hij nou toch niet woedend? Waarom riep hij niet dat we hem moesten vrijlaten, dat hij de politie zou bellen...

'Mijn zakje... hoe doen we dat?' vroeg hij beleefd.

Ik kreeg het meteen warm. 'Dat doet Lotje zo meteen,' zei ik.

'Je bloost,' zei hij.

Ja hallo! 'Het gaat over de poep van de man die mijn moeder heeft gezoend, mag ik dan alsjeblieft een rooie kop krijgen!' riep ik nijdig.

Hij moest zo hard lachen dat zijn hoofd even verdween. 'Je hebt groot gelijk. Wil je al zeggen hoe je heet?' vroeg hij toen.

'Nee,' zei ik. En om te laten zien dat er met mij niet te spotten viel, liep ik naar de huiskamer, maar ik moest me meteen weer omdraaien, want de bel ging. Ella en Lotje zeker.

Ik pakte het telefoontje. 'Hallo, ik druk hem open.'

'Hier zijn papa en Iris,' hoorde ik. 'We komen even boven.'

Ik stond zeker tien seconden verstijfd naar die hoorn te staren.

'Is er iets?' vroeg Willem bezorgd.

'Mijn vader,' zei ik hees.

Willem vond het grappig.

Pèp! Mijn vader belde nog eens. 'Druk je hem open?' schetterde zijn stem door het telefoontje.

Willem had zich teruggetrokken om even goed te kunnen doorlachen.

'Hou op!' riep ik kwaad.

'Jana! Je moet op dat rode knopje drukken!' riep mijn vader beneden door de intercom.

Wat moest ik nu, ze tegemoet rennen? En dan zeggen dat ik nét klaar was, dat we naar huis konden? Maar Iris zou zeker Diva willen aaien...

Pèp!

'Ik trek me wel terug,' zei Willem. 'Ik beloof je dat ik niet op de deur zal bonken.' Hij lachte weer even maar beheerste zich snel.

Ik had helemaal geen zin om met hem samen te werken, maar ja, ik had geen keus. Ik drukte op de rode knop zodat de buitendeur openging. Nog zesennegentig treden de tijd. Ik rende naar de huiskamer. Het vel met 'Opgeruimd staat netjes' lag op tafel, weg ermee. Verder zag ik zo snel geen sporen. Toen de keuken, met al dat eten! Ik propte mijn spullen in een plastic tas en zette die onder de tafel. Vlug, vlug, de dingen van Lotje en Ella duwde ik in de koelkast... en daar ging de binnenbel. Ik liep naar de gang, Willem sloot uit zichzelf het luikje.

'Jana, opendoen!' hoorde ik Iris schreeuwen.

Mijn vader wilde boodschappen doen, of Iris dan even hier mocht blijven.

'Ze kan toch gewoon met jou mee?' vroeg ik.

'Natuurlijk kan dat, maar ze wilde graag naar jou toe,' antwoordde mijn vader kribbig. Hij is anders nóóit kribbig.

Ineens zag ik dat de grendel niet voor het luikje zat. Kon ik Willem vertrouwen? Hij zou het luikje vast niet opendoen, dat niet. Maar had hij hem niet op een piepklein kiertje geduwd? Stond hij ons nu niet af te luisteren, met zijn grote oor tegen het luikje aan? Ik durfde niet goed te kijken. Ik kon wel naar de huiskamer gaan, maar dan kreeg ik ze helemáál niet meer weg.

'Ik wilde juist zo graag alleen met Ella en Lotje spelen vandaag,' zei ik.

Iris keek me heel verbaasd aan.

'Aah joh,' zei mijn vader. 'Ik ben met een uurtje klaar!'

Ik wriemelde met de sleutelbos en probeerde niet naar Iris te kijken.

'Nou, kom maar, dan gaan we lekker samen boodschappen doen,' zei mijn vader.

Iris pakte zijn hand en zei niets.

Ik keek naar de grond, recht in de vragende ogen van Diva. Ze deed 'miauw' met haar bek, zonder dat er geluid uitkwam. O ja, ze moest nog eten en Willem had ook zijn brood nog niet gehad. Waarom zorgde iedereen toch niet gewoon voor zichzelf!

'Kom je, Iris?' vroeg mijn vader zacht.

Ik zuchtte diep. 'Oké, blijf dan maar.'

'Ja!' riep Iris en tegelijk ging ook de bel, dus ze greep het telefoontje.

'Geef maar.' Ik probeerde het af te pakken.

'Ik kan het ook, ik kan het ook!' Ze was ineens helemaal niet meer zielig. 'Ja, hallo?' brulde ze in de hoorn.

Ineens dacht ik: weet je wat? Ik ga het zeggen. *Papa, raad eens wie er achter dit luikje zit?* Maar dat deed ik natuurlijk niet. Ella en Lotje kwamen boven. Ella deed heel gezellig en hartelijk tegen mijn vader, terwijl haar ogen groot waren van schrik en Lotje kreeg de slappe lach. En dat allemaal op de gang, bij de oren van Willem. Ik probeerde iedereen naar de huiskamer te lokken, maar ze bleven gewoon staan.

'Nou, Diva boft maar met al die dames die voor haar zorgen,' zei mijn vader.

Ik ging heel hard lachen, voor het geval Willem meeluisterde. Dan zou hij denken: Wat een grappige dingen zegt haar vader.

'Jullie doen wel voorzichtig, hè? Vooral met die dure spullen.' Mijn vader knikte met zijn hoofd in de richting van de studio. Wij hielden onze adem in, en volgens mij deed Willem hetzelfde. Toen opende mijn vader de voordeur.

'We gaan zo naar huis, dus je hoeft Iris niet hier op te halen,' zei ik.

Hij knikte en zwaaide.

'Dag lieve papa,' zei ik, zo hard dat Willem het zeker hoorde.

Mijn vader keek verbaasd. 'Dag lieve schat.' En weg was hij.

15

Ik wilde weg uit de gang, dus liep ik maar weer naar de huiskamer. Ditmaal volgden ze me, in ieder geval Ella en Iris.

'Zit hij er nog wel?' mompelde Ella.

Ik knikte, ging aan tafel zitten en pakte een blaadje papier.
Iris zat op de grond Diva te aaien, dus ik schreef snel: 'Hij moet
nog eten'.

Ella knikte en stond op.

'Wat ga jij doen?' vroeg Iris.

'Blijf maar hier, ik ga Diva eten geven,' zei Ella.

Moet je net tegen Iris zeggen! 'O, mag ik dat doen, mag ik Diva eten geven?' zeurde ze.

'Nee, dat doet Ella!' riep ik. 'Iris, jij moet hier blijven.'

Iris ging met haar armen over elkaar op de bank zitten mok-
ken.

Ik zuchtte. 'Wil je televisiekijken? Hier, ik zal hem aanzetten.'

'Ik wil geen televisiekijken, ik wil Diva eten geven,' zeurde Iris, maar toen er een tekenfilm verscheen, was ze meteen
stil.

Ik ging naast haar zitten en probeerde iets te verstaan van
wat er op de gang gezegd werd. Lotje praatte en lachte, maar
het was net te zacht allemaal. Ik nam aan dat ze het port-a-potty gedoe verzorgde. Toen ging de bel. Waarschijnlijk Jessica.

'Ik wil opendoen!' Iris stond al op de gang voordat het tot me
doordrong. Ik zag het luikje dichtklappen. Te laat. Iris verstijf-
de, deed drie stappen naar achteren en gilde. Lotje en Ella stonden er machteloos naar te kijken. En de bel ging weer. Iris begon te huilen.

'Iris, kom maar, het is niet eng.' Ik liep naar haar toe en tilde haar op.

'Ik zag een monster,' huilde ze.

Lotje schoot in de lach. *Pèp*, weer die bel. Ik nam Iris mee naar de huiskamer, terwijl Ella het telefoontje pakte.

Wat moest ik nou zeggen? *Mama heeft met dat monster gezoend, daarom hebben we hem opgesloten?* Niet dus, voor geen goud! We gingen op de bank zitten, Iris kroop bijna in me. Ze huilde nog steeds.

'Kom maar, stil maar,' zei ik zacht, terwijl ik als een razende nadacht. Het leek wel of het stormde in mijn hoofd.

Toen kwam Lotje binnen. Ze deed de tv uit en kwam naast ons zitten. 'Iris, ik zal je vertellen wie dat is,' zei ze.

'Lotje, nee,' zei ik zacht.

Lotje gaf me een knipoog. O, ze had dus een plannetje. Iris was stil geworden.

'Maar je moet zweren dat je het aan niemand, níémand verder vertelt!' zei Lotje.

Iris knikte eerbiedig.

'Steek je vinger eens op.'

Volkomen automatisch stak Iris haar middelvinger op.

'Iris!' zei ik streng.

'Deze vinger.' Lotje pakte de wijsvinger van Iris en hield die tegen de hare. 'Jana, jij ook,' zei ze.

En zo, met haar wijsvinger tegen die van ons aan, zwoer Iris met een dun, plechtig stemmetje dat ze het niet verder zou vertellen.

'Goed, dan zeg ik het,' begon Lotje. 'Die meneer moet de nieuwe man voor mijn tante worden.'

Ik ontspande meteen. Ella stond in de deuropening mee te luisteren. Ze maakte een vreemd geluid, iets tussen lachen en verbazing in.

'Hij heet... Leonardo en hij is het hélemaal!' zei Lotje. 'Alleen

is er een klein probleempje: hij wil niet trouwen. Hij is bang
dat hij dan naar de kapper moet en dat hij steeds op tijd moet
komen. Want dat willen vrouwen altijd.'

'En dat hij zijn tuin netjes houdt,' vulde ik aan.

'En dat hij mee moet naar suffe verjaardagsfeesten waar iedereen in een kring zit,' ging Lotje verder. 'En dat hij elke dag
moet douchen en dat hij zijn scheten in moet houden.'

Iris werd rustig en ze moest zelfs al een beetje lachen.

'Dus daarom hebben we hem gevangengenomen, snap je?'
zei Lotje.

Ja hoor, dat snapte Iris wel.

De binnenbel klonk. Ella ging opendoen.

'Want mijn tante wil juist óók niet naar verjaardagsfeesten!'
zei Lotje. 'En zij gaat ook nooit naar de kapper, dus daarom willen we hem aan haar koppelen.'

'En die scheten?' wilde Iris weten.

'Laat maar waaien!' riep Lotje. 'Hallo, PAHOEM, ik ben Leonardo. Hallo, pèp, pèp, pèp, ik ben Annelies.'

Iris rolde van mijn schoot af, zo hard moest ze lachen. Lotje
keek me heel tevreden aan. Ik kreeg het er alleen maar be-
nauwder van. Hoe moesten we dit nou verder oplossen? Iris
ging natúúrlijk kletsen. Eerst tegen mijn vader, later tegen
mijn moeder. Om over oom Rob nog maar te zwijgen...

'Hallo allemaal!' Jessica kwam binnen. 'Zo Iris, dus jij kwam
gezellig mee om het poesje te voeren?'

Juf Jessica!

'Nee, ik kom meehelpen Leonardo te bewaken. Die hebben
we gevangengenomen want hij moet met Lotjes tante trouwen,' zei Iris.

Jessica ging zonder iets te zeggen aan tafel zitten.

'Ik wil hem nog een keer zien,' zei Iris.

Wij zeiden dat dat niet kon.

'Dan ga ik het doorvertellen,' zei zij toen.

'Als je zo doet, vertel ik je nóóit meer iets,' zei ik kwaad. 'Je hebt het gezworen!'

Iris keek naar Lotje. 'Hoe hebben jullie hem gevangen?' vroeg ze.

'Met een lasso,' zei Lotje.

'O ja,' zei Iris op een toon alsof ze dacht: dat had ik zelf ook wel kunnen bedenken.

Jessica klakte afkeurend met haar tong. Die vond zeker dat we Iris bedrogen of zo.

Verzin jij dan wat beters! dacht ik.

'Ik wil hem nog een keer zien,' zei Iris weer.

Afleiden, dacht ik. 'Zal ik de televisie aanzetten?'

'Ik hoef geen televisie. Ik wil...'

'Oké,' zei Lotje. 'Maar dan moet ik dat even aan hem vertellen, want hij is erg verlegen.'

16

We zaten stil te wachten totdat Lotje ons zou roepen. Iris straal-
de, alsof ze op een goochelaar zat te wachten. En Jessica stond
met haar rug naar ons toe naar buiten te kijken.

En ik? Ik wist helemaal niet meer wat ik moest doen en denken en vinden.

'Kom maar!' riep Lotje na een tijdje.

Met hoge schoudertjes van de spanning liep Iris naar de gang.

Lotje stond bij de deur van de studio, het luikje was dicht.
'Dames en heren!' zei ze feestelijk. 'Hier is... Leonardo!'

Ze opende het luikje en daar verscheen zijn grijnzende kop.
Waarom deed hij dit toch allemaal voor ons? Iris klapte in haar
handen. 'Ga jij met Lotjes tante trouwen?' vroeg ze.

'Liever niet,' zei Willem.

Iris liep naar zijn deur. 'Zeg dan gewoon dat je het doet!' zei
ze. 'Dan laten ze je vrij.'

'Ik wil niet liegen,' zei Willem bloedserieus.

'Iris, niet zo dichtbij,' zei ik, alsof hij een krokodil was.

'Waarom blijven we niet bij hem? Anders is hij zo alleen,'
vroeg Iris aan mij.

Ik moest er niet aan denken, ik stond nu al stijf van de zenuwen. Ik wilde weg.

Iris bleef met open mond naar Willem kijken. 'Wil jij niet
elke dag douchen?'

Hij schudde zijn hoofd, voorzover dat lukte in het luikje.
'Soms wil ik drie keer op een dag en soms een hele week niet.'

'Ik ook!' zei Iris verrast.

'Kijk, een vrouw naar mijn hart,' zei Willem.

Iris lachte haar liefste lachje naar hem. Ik zag ineens voor me dat mijn vader wegging en dat Willem bij ons zou komen wonen. Ik zou natuurlijk heel erg lastig en vervelend doen, maar Iris was zo jong, die werd vast en zeker dikke maatjes met hem. Ik werd helemaal beroerd van het idee en ik wilde het liefst de deur intrappen en hem uit het raam duwen. Echt waar, ik voelde het zuur in mijn keel branden, zo haatte ik hem. Ik liep snel naar de keuken en nam een slokje water. 'Rustig blijven, alles gaat goed komen,' fluisterde ik. Toen liep ik terug. 'We gaan nu weg,' zei ik koeltjes. 'We geven u eten en morgen komen we terug.'

'We kunnen ook hier blijven en leuke dingen doen,' zei Lotje. 'Bijvoorbeeld op de deur een vrouwenlichaam tekenen en als Willem dan zijn hoofd door het luikje steekt, lijkt het net of het zijn...'

'Nee, we gaan nú weg!' riep ik. Ik schrok van mijn eigen stem, zo hoog en schel. 'Hij moet maar... Het is zijn eigen schuld dat hij...'

'Niet met Lotjes tante wil trouwen,' zei Willem. 'Ze heeft gelijk, jullie moeten maar gaan.'

'Ik beslis zelf wel of ik gelijk heb of niet!' Ik stond te trillen van kwaadheid.

'Inderdaad. Jij bent de baas, in hart en nieren,' zei Willem en hij gaf me een knipoog.

Nadat Lotje zes boterhammen aan Willem had gegeven, liepen we stilletjes de trappen af. Jessica vond het blijkbaar heel normaal dat ze nu met alles meedeed.

Iris had mijn hand gepakt, haar gezicht stond op diep nadenken. Af en toe stelde ze een vraag, bijvoorbeeld: 'Maar als hij nou echt, echt niet wil?'

'Dan hoeft hij niet,' zei Ella sussend.

En toen we buiten liepen vroeg ze: 'Kan papa ook zomaar ineens gevangen worden?'

'Nee,' zei Lotje. 'Getrouwde mensen worden nooit gevangen.'

Was dat maar waar, dacht ik. Maar Iris was weer gerustgesteld.

'Hoe zien ze dan of iemand getrouwd is?' vroeg ze nog.

'Aan de ring, dombootje,' zei Lotje.

'Ooo ja!' Iris liep te huppelen, ze vond het natuurlijk geweldig dat ze ons geheim nu kende.

Zonder veel te zeggen liepen we naar mijn huis. Iris vroeg nog wel zevenendertig keer of ze bij ons mocht blijven, maar daar had ik absoluut geen zin in.

Mijn vader kwam net aanfietsen. 'Hé, jij hebt zeker een ijsje gehad,' zei hij, toen hij Iris zag.

'Nee!' zei Iris op zo'n toon van: raad maar verder!

'Je kijkt alsof je een geheimpje hebt,' zei mijn vader lachend.

'Ik verklap niets,' kraaide Iris. 'Beloofd is beloofd, want ik heb een zweer!'

Met zijn vieren liepen we naar de eendenvijver.

'We kunnen ook terug naar de flat gaan, dat is wel zo leuk voor Willem,' zei Lotje.

'Laten we er dan nog wat mannen bij vangen. Dan heeft je tante tenminste keus,' zei ik.

Lotje giechelde.

'Wat doen we als Iris het verder vertelt?' vroeg Ella.

'Dan zeg ik dat ze het verzint.' Ik ging op ons vertrouwde bankje zitten. Ella en Jessica schoven naast me en Lotje ging tegenover ons in het gras liggen.

'Maar dat is toch schadelijk voor Iris?' vroeg Jessica bezorgd. Schadelijk!

'Weet je wat schadelijk voor haar zou zijn?' vroeg ik.

'Ja, ja, ja! Gescheiden ouders, dat weten we nu onderhand wel!' zei Jessica boos.

Ik schrok omdat ze ineens zo fel klonk, zo kende ik haar helemaal niet.

'Jij wil maar steeds wat doen, wat doen!' ging ze verder. 'Nou, geloof me maar: je kúnt niets doen! Ze gaan gewoon hun eigen gang. Je kunt heel Nederland ontvoeren, het maakt helemaal niets uit.'

'Want dan worden ze verliefd op een Belg,' zei Lotje.

Ik moest lachen, heel kort, want ik zag ineens dat Jessica bijna moest huilen.

'Ik zeg toch niet dat jij iets had moeten doen?' vroeg ik zacht.

Jessica haalde haar schouders op, terwijl ze raar met haar mond trok. Ik durfde haar niet te troosten, daarom wreef ik met mijn duim over een vlekje op haar korte broek. Ze begon meteen te huilen, alsof ik op een knopje had gedrukt.

Ella aaide over haar haar en die gekke Lotje ging met haar gezicht in het gras liggen, maar ze pakte wel Jessica's voet vast. Het viel me nog mee dat ze er niet doorheen ging zingen.

'Ik heb heus wel wat gedaan,' zei Jessica, half huilend en half pratend. 'Ik heb gezegd dat ik zou weglopen totdat ze weer van elkaar zouden houden. Maar het hielp niet.'

Zie je wel, dacht ik boos. Dát doen kinderen: weglopen of niet meer eten of 's nachts zachtjes huilen! 'Je moet ook niet zelf weglopen!' zei ik. 'Laat hen maar buiten staan! Het is hun schuld, niet de jouwe. Zij moeten een lesje hebben, niet jij!'

Jessica schudde haar hoofd. Ze haalde diep adem en veegde met haar arm over haar gezicht.

'Het maakt helemaal niets uit wat je doet,' zei ze nog eens. 'En zó erg is het nou ook weer niet. Je raakt er wel aan gewend, echt waar, en het heeft ook voordelen. Mijn vader en moeder doen nu veel aardiger tegen elkaar en Evi en ik hebben ieder twee kamers.'

Wij knikten alle drie en we zeiden hoe ontzettend fijn ons dat leek, twee kamers hebben.

Maar ik dacht: ik hoef geen twee kamers, ik wil dat ze bij elkaar blijven.

17

Mijn vader stond pannenkoeken te bakken. Die hadden ook mooi door het luikje gepast! Alsjeblieft Willem, drie keer raden wie ze gebakken heeft. Maar nee, hij wilde alleen maar water en brood.

'En hoe is het met Diva?' vroeg mijn vader. 'Denken jullie wel aan haar pilletje?'

'Aan haar...'

O NEE, HET PILLETJE! Wat een sukkel was ik!

'Wat is er? Je wordt helemaal bleek!' Mijn vader draaide een pannenkoek om.

'Ik ben dat pilletje vergeten!' zei ik.

'Dat is toch niet zo erg? Zal ik even met je meegaan na het eten?'

'Nee, nee, nee, dat hoeft niet. Waar is Iris?' vroeg ik.

'Ze ligt op de bank want ze heeft buikpijn,' zei mijn vader. 'Ik denk dat ze mama mist.'

Van geheimen kreeg je dus buikpijn. Eigenlijk had Jessica gelijk met dat 'schadelijk'. Ik liep snel naar Iris toe. Ze lag onder een slaapzak, zonder haar hoofd te bewegen keek ze me even aan.

'Maar is hij 's nachts niet bang in zijn eentje?' vroeg ze meteen.

Ik vond het echt te zielig. 'Iris, vertel het maar aan papa en aan iedereen. Het is namelijk niet waar. Het was een grapje van ons. Die man is van het kamp van Lotje, hij wilde... de studio van oom Rob zien. We hebben je voor de gek gehouden.'

Het duurde even voordat het tot haar doordrong. Haar gezicht veranderde langzaam van verbaasd naar boos.

'Iris, luister, we wilden heus niet...' begon ik, maar ze duwde me aan de kant en liep naar de keuken.

Ik ging op de bank zitten en probeerde rustig te blijven, maar dat lukte nu echt totáál niet meer. Het leek wel of ik in een tunnel was gekropen die steeds smaller werd. En toch kroop ik maar verder en verder en ik kwam steeds erger klem te zitten. Nadenken, Jana! Iris was nu aan het vertellen dat er een man in de flat zat. Wie was die man dan? Mark van de port-a-potty? Maar als mijn vader hem wilde spreken, om te vragen wat hij in de flat deed?

Weg! Ik moest iets verzinnen voordat mijn vader het hele verhaal gehoord had. Ik rende naar de gang en glipte de deur uit. 'Ik ga even Diva doen!'

Hijgend kwam ik bij de flat aan. Ik had mijn fiets niet meer durven pakken, want dan was ik zeker tegengehouden door mijn vader. Tijdens het rennen had ik bedacht dat ik Lotje zou bellen. Misschien kon zij aan die Mark vragen of hij wilde zeggen dat hij in de studio gestaan had en dat hij Leonardo heette. Lekker ingewikkeld, maar ja.

Nu eerst Diva.

Ik dacht, ik doe zo zachtjes dat Willem me niet hoort. Ik begon beneden al, terwijl dat natuurlijk nergens op sloeg. Voorzichtig maakte ik de voordeur open en sloop de trappen op. Ik kreeg onderhand wel een goede conditie met die kapotte lift!

Het leek wel of de hele flat uitgestorven was, op één persoon na dus. Toen ik bij de deur van mijn oom stond luisterde ik lang en aandachtig, maar het was doodstil. Ik stak de sleutel in het slot en draaide. KNARSKNETTERKNERPS! Wat een herrie maakte ik. En: 'Miauw!' dat was Diva, ook al zo lawaaierig, ze leek wel een mens die een poes nadoet. Ik kriebelde haar even en schoof toen Willems grendeltje opzij. Meteen ging het luikje open en daar verscheen zijn hoofd.

'Hé hallo, boos meisje,' zei hij.

Ik was weer verlegen en daar baalde ik van. 'Diva moet haar pilletje nog,' zei ik.

'Is het goed gekomen met je zusje?' vroeg hij. 'Past zo'n groot geheim wel in dat kleine koppie?'

Ik zag Iris voor me, met die geschrokken ogen. 'Jawel hoor,' zei ik en liep door naar de keuken. Daar pakte ik een pilletje en drukte het in een kattenbrokje. Smekkend at Diva het op. Zo, en nu Lotje bellen. Ik liep de gang in en zag uit mijn ooghoeken dat Willem nog voor het luikje stond. Ik keek één seconde en dat was lang genoeg om hem te zien glimlachen. En ik, nepkidnapper, glimlachte terug.

'Lotje en jij zijn bijzondere meisjes,' zei hij toen. 'Jullie gaan je eigen gang, jullie hebben een origineel karakter.'

Ik stond stil. 'O,' zei ik. Echt een bijzonder en origineel antwoord.

'Jullie hebben een oude ziel,' ging hij door. 'Lotje zeker, maar jij ook.' Dat rare pratende hoofd! Het leek wel of hij op de televisie was. 'Er zijn mensen geweest in concentratiekampen die spelletjes gingen organiseren om de moed erin te houden. Daar hebben ze levens mee gered. Zo iemand is Lotje. Lotje is een stralend klaprozenveldje langs een grauwe asfaltweg.'

Ik knikte, want hij had gelijk en omdat hij het zo mooi zei, kreeg ik ook nog eens een brok in mijn keel.

'En er waren ook mensen in concentratiekampen die tunnels gingen graven en mensen naar buiten smokkelen met gevaar voor eigen leven,' zei hij. 'Zo iemand ben jij.'

Stiekem vond ik het heel leuk wat hij zei, ik wilde dat hij verder praatte en vertelde hoe dat dan ging. Wat voor spelletjes bedachten die mensen en hoe lang deden die andere mensen over zo'n tunnel. En wat hij bedoelde met 'oude ziel'. Maar ik mocht hem niet aardig vinden want hij was mijn gevangene, mijn vijand.

'Van wie is de flat?' vroeg hij meteen verder.

'Zeg ik niet.'

Hij knikte, wat een raar gezicht was in dat raampje. 'Zo mag ik het horen, strijdertje! Zou ik dan nog twee boterhammen voor de nacht mogen?'

Ik liep naar de keuken. Moest ik nou gewoon twee sneeën brood door dat luik duwen? Ik sneed ze maar in vieren, legde ze op een bord en liep weer naar hem toe. Stom, het bord paste net niet rechtop door het luikje. Héél even de deur openmaken?

Nee Jana, niet doen!

Hij bleef natuurlijk vol interesse kijken hoe ik het ging oplossen. Ik pakte de acht stukjes brood van het bord, schoof het bordje schuin door het luik en gaf daarna het broodstapeltje. Heel, heel onhandig. We moesten er allebei om lachen.

'Dank je wel.' Hij nam een hap en bleef kauwend naar me kijken. Die blik van hem! Je hebt toch zo'n spelletje dat je een minuut naar een vel met plaatjes mag kijken, en dat je er zoveel mogelijk moet onthouden? Precies zo keek hij naar mij. Als hij ooit aan de politie moest vertellen hoe de daders eruitzagen, kon hij me haarfijn omschrijven!

'Nou, dan ga ik maar,' zei ik.

'Juist! We gaan verder met ontvoeren! Wanneer komen jullie me weer bewaken?' vroeg hij.

'Morgen,' antwoordde ik als een braaf schoolmeisje.

'Zeg, nog één ding.' Hij stak zijn hoofd een stukje naar buiten. 'Van wie was het idee nou eigenlijk, van jou of van Lotje?'

Ik dacht even na. 'Heel in het begin van Lotje, maar ze zei het als grapje.'

'Nee, nee.' Hij schudde zijn hoofd, buiten het luikje. 'Ze meende het serieus. Lotje meent alles serieus, ook de grapjes.'

Dat was waar. Ineens bedacht ik me iets. 'Dan wil ze dus ook echt dat je met haar tante trouwt.'

'Dat kan ik niet.'

Hij zei het zo plechtig, dat ik er kippenvel van kreeg. Daar gaan we dan, nu gaat hij over mijn moeder vertellen, dacht ik. En tegelijkertijd: Vergeet het maar, mannetje, ik sluit je voor eeuwig en altijd hier op. Ik timmer gewoon de deur dicht. 'Omdat je verliefd bent op mijn moeder?' vroeg ik met een geknepen stem.

Hij schraapte zijn keel en fronste zijn wenkbrauwen. Mijn hart begon wild te bonzen. Hij keek zo benauwd, dit was foute boel...

'Om heel eerlijk te zijn...' begon hij.

Om heel eerlijk te zijn willen je moeder en ik gaan trouwen. Zoiets zou het gaan worden. Ik had de neiging om net als Lotje mijn handen tegen mijn oren te drukken.

'Om heel eerlijk te zijn weet ik niet wie jouw moeder is.'

18

Ik bleef hem heel lang aankijken, met mijn mond open. 'Ineke! Met wie je gezoend hebt!' zei ik eindelijk. 'Bruin haar. O nee, ze is nu blond. Heel knap is ze.'

'Dat meen je niet!' Zijn ogen gingen stralen. 'Ben jij Inekes dochter?'

'Waarom dacht je anders dat je hier zat?' Mijn stem was hoog van verbazing.

'Ik heb heel lang nagedacht,' zei hij. 'Uiteindelijk gokte ik dat je er een van Angelique was.'

Ik stond echt met mijn oren te klapperen. 'Met wie heb jij dan wel niet allemaal gezoend?' riep ik.

Hij sloeg zijn ogen neer.

'En weet mijn moeder dat wel?'

'Maar natuurlijk,' riep hij geschrokken. 'Alles in openheid!'

Ik ging op de grond zitten, vlak voor zijn deur. Nu leek ik helemaal op een klein kind dat poppenkast kijkt. 'Doen alle volwassenen dat, zomaar in het wilde weg zoenen?'

'Nee, nee, stel je voor zeg!' zei hij. 'Ik ken niemand die zo erg is als ik.'

Ineens vond ik dat hij op Lotje leek. Die kon ook zo tevreden zeggen dat ze heel erg was.

Waren ze er maar bij, Lotje en Ella. En Jessica eigenlijk ook wel. Nou snapte ik er helemaal geen bal meer van. Hij zoende dus met Jan en alleman. Of nee, allevrouw... Was dat goed nieuws of juist niet?

'Toch vind ik het gemeen,' zei ik na een tijdje. 'Mijn moeder is heel erg verliefd op je.'

'Ineke?' riep hij. 'Ben je mal! Die is nooit verliefd op mij geweest.'

Nou dat weer.

'En... en... Maar het weekendje weg dan?' vroeg ik.

Zo te zien trok hij zijn schouders op. 'Niet met mij, hoor. Wij hebben geen contact meer met elkaar.'

Ik schoof achteruit en leunde tegen de muur. Moest ik nou opgelucht zijn? Diva kwam vol verwachting bij me liggen.

'Maar jullie hebben toch wel gezoend?' vroeg ik kleintjes.

'Zeker, zeker!'

Ik kreeg er steeds meer de pest over in. 'Maar dat doe je toch alleen als je verliefd bent, of ben ík nou gek!'

'Ineke was niet verliefd, echt niet.' Hij zuchtte diep. 'En ik ben eigenlijk altijd verliefd, dat is het probleem nou juist. Ik vind vrouwen zo verschrikkelijk prachtig.'

Tsss.

Ik stond op en deed de lamp aan, want het werd donker. Hij zag er ineens heel anders uit in het licht. Vriendelijk en zelfs een beetje sullig.

'Maar waarom willen al die vrouwen nou met jou zoenen?'

'Dat zal ik je verklappen,' zei hij geheimzinnig.

Ik ging weer tegen de muur zitten en wachtte nieuwsgierig af.

'Vrouwen en ik hebben een gemeenschappelijke hobby,' begon hij. 'Er is één ding dat alle vrouwen vreselijk interessant vinden.'

Ik moest waarschijnlijk raden, want hij zei niets meer.

'Kleren?'

Hij schudde zijn hoofd.

'De liefde?'

Nee.

Ik dacht aan mijn moeder. 'Hun kinderen?'

'Sorry, mis.'

'Ik geef het op,' zei ik.

'Opgeven? Niets voor jou,' antwoordde hij.

'Vertel dan!'

'Zijzelf,' zei hij toen langzaam en duidelijk. 'Alle vrouwen zijn enorm in zichzelf geïnteresseerd. Dus dat moet je als gespreksonderwerp nemen.'

Ik moest lachen. 'Dat is een goeie truc!'

'Nee, nee, het is geen truc!' riep hij verontwaardigd. 'Het komt recht uit mijn hart. Ik vind vrouwen mateloos boeiend.'

We waren allebei stil. Hij staarde voor zich uit – waarschijnlijk zag hij allemaal boeiende vrouwen voor zich, mijn moeder bijvoorbeeld.

'Maar ze was ineens zo vrolijk en ze kocht allemaal nieuwe kleren,' probeerde ik nog.

'Ach, die Ineke,' zei hij vertederd. 'Je moeder is een moordwijf.'

'Een getrouwd moordwijf, dus daar moet je van afblijven,' zei ik.

'Dat is waar,' antwoordde hij.

Hij kon zeggen wat hij wilde, maar ze hadden wel met elkaar gezoend, twee keer nog wel!

'Je mag niet met iemand zoenen die getrouwd is,' ging ik door.

'Ik weet het, ik weet het.' Hij leek net een klein jongetje.

Ik stond op. 'Je mag haar nooit meer zien of bellen of schrijven of zoiets.'

'Beloofd,' zei hij.

Ik haalde de sleutelbos uit mijn zak. Ik durfde hem niet aan te kijken terwijl ik de deur openmaakte. Hij bleef gewoon staan. Als ik de deur weer dicht zou doen, zou zijn hoofd nog steeds precies door het luikje steken.

'Je bent weer vrij, hoor,' zei ik ongeduldig.

'Het bevalt me hier eigenlijk wel.' Hij sloeg zijn armen over elkaar.

Nee hè, straks kreeg ik hem er niet meer uit! Kregen we dat!

Het zweet brak me uit, hoe moest ik dat dan aan oom Rob...

'Nee hoor, grapje, wees maar niet bang,' zei hij toen. 'Ik pak mijn spullen en dan ga ik.'

Pffff. Terwijl ik op mijn hurken Diva aaide, keek ik hoe hij zijn schoenen aantrok en daarna zijn jasje.

'Mag ik dit meenemen?' Hij hield mijn schetsboek omhoog.

Ik knikte. Misschien had hij me wel zo aandachtig bekeken omdat hij me wilde tekenen. Neuriënd stopte hij de stiften terug in het hoesje. Neuriënd!

'Waarom doe je zo!' riep ik ineens. 'Waarom kijk je zo irritant tevreden! Wie laat zich nou zomaar gijzelen?'

Hij lachte. 'Jij in ieder geval niet! Jij zou ervoor zorgen dat je de macht over je ontvoerders kreeg. Jij zou bijvoorbeeld gaan dreigen dat je deze kostbare apparatuur in elkaar zou rammen.'

Ik schrok al bij het idee alleen.

'Ik zal je wat verklappen,' zei hij toen. 'Er is nog iets wat jij niet weet.'

Ik probeerde iets te bedenken, maar er kwam totaal niets in me op.

'Over drie maanden stuur ik je een pakje,' zei hij. 'En dan begrijp je het, geloof me maar.'

'Ik wil het nu weten!' riep ik.

'Willen? Willen? Je bent een kind, je hebt niets te willen.' Hij lachte plagerig en gaf mij een hand. 'Tot ziens, vechtertje!'

19

84 Ik zat minstens vijftien minuten doodstil op de bank. Ik was kwaad en ik schaamde me en ik was verdrietig en ook opgelucht. Daardoorheen ging ook nog eens de telefoon, achter elkaar door. Mijn vader zeker. En ik had nog geen verhaal bedacht. Ineens nam ik een besluit, zonder er echt over na te denken. Ik wachtte tot de telefoon niet meer rinkelde en toetste toen het mobiele nummer van mijn moeder in.

Tuut, tuut...

Ik keek op de klok. Ze zat waarschijnlijk in een restaurant.

Tuut...

Als ze niet opnam had ik een probleem, want ik wilde het niet als eerste aan mijn vader vertellen.

'Hallo, met Ineke?'

'Mama,' zei ik.

'Lieverd!'

En toen heb ik alles verteld. Echt gewoon helemaal alles. Lekker was dat!

'En nu is hij net weg,' was mijn laatste zin. Daarna bleef het heel lang stil.

'Hallo?' zei ik.

'Och kind.'

Ik schrok me rot want mijn moeder huilde en daar kan ik he-le-máál niet tegen. 'Moet je huilen?' vroeg ik benauwd.

'Ja,' piepte ze.

'Schaam je je zo?'

'Nee,' zei ze, haar stem werd al normaler. 'Ik ben zo trots.'

O, op die toer!

'Luister schat,' zei ze toen, gelukkig weer gewoon. 'Ik heb

twee keer met Willem gezoend. Het was net zoiets als stiekem roken. Het stelde echt niets voor.'

De vlammen schoten voor mijn ogen, eerlijk waar. 'ALS HET NIETS VOORSTELT, WAAROM DOE JE HET DAN?!' schreeuwde ik.

Ze bleef stil. Ik was even bang dat ze weer huilde, maar toen zei ze: 'Tja, gut...'

'Je mág niet met een andere man zoenen,' zei ik, iets rustiger nu. 'Je hebt papa. Je bent getrouwd.'

'Ja,' antwoordde ze als een klein meisje.

Ik was natuurlijk zo vaak boos op mijn moeder, maar nooit zoals nu, zoals een juf tegen een kind. Het was helemaal geen fijn gevoel, het was afschuwelijk eigenlijk.

'Jana, ik kom naar huis,' zei mijn moeder ineens. 'Er vaart nu geen boot meer, maar ik kom morgen zo vroeg mogelijk.'

Ik schrok me rot, straks was alles voor niets geweest! 'Nee, je moet daar blijven, anders komt papa erachter en dan wil hij scheiden. We moeten het geheimhouden!'

'Jij hebt genoeg geheimen gehad,' antwoordde mijn moeder streng. 'Wees maar niet bang, papa en ik gaan niet scheiden.'

'Hoe weet jij dat zo zeker?' vroeg ik kwaad. 'Je weet toch niet hoe papa reageert? Als ik hem was, zou ik...'

'Hij weet het al,' zei ze. 'Ik heb het hem al verteld.'

Echt waar, dat zei ze! Hij wist het al. Ik zakte achterover in de bank. Nou, nou, lekkere boel bij ons thuis zeg! Ik mijn mond houden, hij zijn mond houden, mijn moeder haar mond houden...

'En wat zei hij dan?' vroeg ik.

'Ja gut, hij was natuurlijk boos.'

Ik wilde wel weer tegen haar schreeuwen, maar ik wist niet wat. Even waren we allebei stil.

'Dus hij wil niet scheiden?' vroeg ik toen.

Mijn moeder zuchtte. 'Kijk, mensen gaan scheiden als ze niet meer van elkaar houden of niet genoeg of als ze heel erg veel van een ander... Jana, ik wil dit helemaal niet over de telefoon bespreken. Morgen praten we erover. En dan wil ik je op schoot hebben. Of wil mijn stoere dochter dat niet?'

'Ik heb niks te willen, want ik ben een kind,' zei ik.

Ze moest lachen. Toen hingen we op. Ik probeerde me mijn vader voor de geest te halen, zoals hij de afgelopen dagen was. Had ik nou echt niets aan hem gemerkt? Hij wilde niet dat Iris en ik het wisten, dat snapte ik wel. Maar kon hij het zo goed verbergen? Zo'n schok? Aan mij vroeg toch ook de hele wereld wat er met me aan de hand was?

Hoe goed ik ook nadacht, ik kon niets bedenken. Mijn vader kon echt goed toneelspelen.

Ik belde hem meteen op. 'Papa, met Jana, ik wist het van mama en Willem. Daarom was ik bang dat ze dit weekend samen weggingen en dus heb ik hem meegelokt naar de flat van oom Rob en hem toen opgesloten in de studio. Dat was er aan de hand.'

Ik heb niet op zijn antwoord gewacht. Ik heb de verbinding verbroken en ben naar huis gegaan.

Mijn vaders mond stond open toen ik binnenkwam, ik denk al sinds dat telefoontje.

Ik moest lachen. 'Hij kan wel weer dicht, hoor!'

Hij schudde zijn hoofd, met zijn mond open. Je kunt wel nagaan hoe dat eruitzag.

'Papa was boos omdat jullie die grap hadden gedaan,' vertelde Iris.

'Weet ik. Pap, mag ik een pannenkoek?' vroeg ik.

Mijn vader bleef me stom- en stomverbaasd aankijken. Hij kon natuurlijk niets vragen omdat Iris erbij zat.

Ik ging in de keuken een pannenkoek eten en dacht aan Willem. Al die vrouwen met wie hij gezoend had, die waren zeker ook allemaal getrouwd. Wat een zootje, zeg! Dat ga ik later écht niet doen, dacht ik. En ik neem een man die het ook niet doet.

Ik hoorde dat mijn vader Iris naar bed ging brengen. Ik liep naar de kamer en draaide Lotjes nummer.

'U bent verbonden met het antwoordapparaat van de familie Breskens. Op het moment...'

Ja hoor, die kende ik. 'Hoi Lotje,' zei ik.

'Jana!' riep ze. 'Is er iets?'

Ik vertelde wat er gebeurd was. Lotje vond het vreselijk jammer dat Willem weg was, maar ze had al meteen weer een ideetje. 'We gaan al die vrouwen opsporen en dan richten we een club op, de Wij-Willen-Willem-club en dan...'

'Ik wil Willem helemaal niet, ik ben nog steeds boos om wat hij gedaan heeft, hoor!' zei ik. 'Ik wil juist dat alles weer gewoon wordt.'

'Gewoon is wel een beetje saai, hoor Jana!'

Dan maar saai. We spraken af dat we de volgende dag de flat gingen opruimen.

'En dan hebben we het er nog wel over,' zei Lotje. 'Over die club en zo.'

'Ik ga ophangen, mijn vader komt eraan. Tot morgen.'

Mijn vader kwam binnen, hij keek heel zorgelijk.

'Lotje wil een Wij-Willen-Willem-club oprichten,' zei ik, om maar íéts te zeggen.

Hij glimlachte, met maar één kant van zijn mond. 'Is het echt waar?' vroeg hij toen.

Ik wist niet precies wat hij bedoelde, maar alles was waar, dus ik knikte.

Daarna hebben we erover gepraat, we waren allebei verlegen. Mijn vader vertelde dat hij het heel erg had gevonden, en toen steeds een beetje minder, omdat mijn moeder niet verliefd was en beloofd had dat ze het nooit meer zou doen.

'Ik kon absoluut niets aan je merken,' zei ik.

Hij schudde zijn hoofd. 'Ik wilde per se niet dat jij of Iris erin betrokken werden. Nou, had ik dát even verkeerd ingeschat, zeg!'

Ik vertelde wat uitgebreider over de ontvoering. Eerst viel zijn mond weer open en toen moest hij toch wel grinniken. 'Die Willem zal raar op zijn neus gekeken hebben!' Hij stond op. 'Wil je ook een pilsje?'

'Nee, gek!'

'O nee, pardon.'

'Weet je, pap, daar was ik nou juist zo verbaasd over,' zei ik. 'Hij keek namelijk helemaal niet raar op zijn neus!'

20

Drie maanden later werd er een pakketje bezorgd door de post-
bode. 'Voor Jana den Hartog' stond erop. Ik wist meteen van
wie het kwam. Door het papier heen voelde ik dat het een boek
was. Ik rende ermee naar mijn kamer en scheurde ongeduldig
het papier eraf.

'De gegijzelde vijand' was de titel.

Dat was dus het antwoord. Er zat een brief bij, geschreven
met rode stift op een blaadje uit mijn schetsboek.

Beste Jana,

*Nu begrijp je waarom de gijzeling als een geschenk uit de hemel
kwam. Ik was al een half jaar bezig met dit boek, en ik kreeg de
juiste toon maar niet te pakken. De ontvoering was een schat aan
inspiratie voor me. Ik heb bijna je hele schetsboek volgeschreven,
ik hoefde het thuis alleen maar over te typen.*

Het was een eer je te ontmoeten,
Willem de Nijs

*P.S. Ik zou graag in contact komen met de tante van Lotje. Lotje
heeft mijn interesse voor haar danig geprikkeld.*

Ik sloeg het boek open. Op de eerste bladzijde stond:

Voor Jana, een machtig meisje

'Wat zit je toch te lezen?' vroeg mijn moeder later.

'O, gewoon een boek,' zei ik. 'Wel spannend, maar niet echt mijn smaak.'

Dus je blijft er mooi van af, dacht ik erachteraan.

Lees meer van Mirjam Oldenhave!

Belly B.

Demi is een verlegen meisje dat zich het liefst op de achtergrond houdt. Wanneer ze met haar bloedmooie vriendin op straat loopt, worden ze aangesproken door iemand van een casting-bureau. Die is niet geïnteres-seerd in de knappe vriendin, maar in Demi...
Demi wordt gevraagd voor een nieuwe meidengroep, *Belly B.*
Het bureau is op zoek naar vier S-en: een slordig schoffie, een sexy schoonheid, een streng stuudje en... 'een slome slak', denkt Demi. Maar dat heeft ze mis. Demi is 'het stille schaduw-meisje'.

Dit is het begin van een turbulente tijd, waarin de verlegen Demi heel wat te overwinnen heeft!

ISBN 90 216 1877 X